民国世界文学经典译著·文献版（第八辑：德国俄国及挪威等国戏剧）

◆ 五幕剧 ◆

The moon in the village

村中之月

[俄] 屠格涅夫（Turgenev，L.S.）著　耿济之　译

上海三联书店

图书在版编目(CIP)数据

村中之月 / [俄] 屠格涅夫著；耿济之译 .
—上海：上海三联书店，2018.4
ISBN 978-7-5426-6057-2

Ⅰ. ①村… Ⅱ. ①屠… ②耿… Ⅲ. ①多幕剧—剧本—俄罗斯—近代
Ⅳ. ① I512.34

中国版本图书馆 CIP 数据核字（2017）第 194043 号

村中之月

著　　者 / [俄] 屠格涅夫（Turgenev, L.S.）
译　　者 / 耿济之

责任编辑 / 陈启甸
封面设计 / 清　风
责任校对 / 江　岩
策　　划 / 嘎　拉
执　　行 / 取映文化
监　　制 / 姚　军

出版发行 / 上海三联书店
（201199）中国上海市闵行区都市路 4855 号 2 座 10 楼
电　　话 / 021-22895557
印　　刷 / 常熟市人民印刷有限公司

版　　次 / 2018 年 4 月第 1 版
印　　次 / 2018 年 4 月第 1 次印刷
开　　本 / 650 × 900　1/16
字　　数 / 210 千字
印　　张 / 13.75
书　　号 / ISBN 978-7-5426-6057-2 / I.1318
定　　价 / 76.00 元

敬启读者，如发现本书有印装质量问题，请与印刷厂联系 0512-52601369

民国世界文学经典译著 · 文献版

出版人的话

中国现代书面语言的表述方法和体裁样式的形成，是与20世纪上半叶兴起的大量翻译外国作品的影响分不开的。那个时期对于外国作品的翻译，逐渐朝着更为白话的方面发展，使语言的通俗性、叙述的完整性、描写的生动性、刻画的可感性以及句子的逻辑性……都逐渐摆脱了文言文不可避免的局限，影响着文学或其他著述朝着翻译的语言样式发展。这种日趋成熟的翻译语言，推动了白话文运动的兴起，同时也助推了中国现代文学创作的生成。

中国几千年来的文学一直是以文言文为主体的。传统的文言文用词简练、韵律有致，清末民初还盛行桐城派的义法，讲究“神、理、气、味、格、律、声、色”。但这也在一定程度上限制了情感、叙事和论述的表达，特别是面对西式的多有铺陈性的语境。在西方著作大量涌入的民国初期，文言文开始显得力不从心。取而代之的是在新文化运动中兴起的用白话文的句式、文法、词汇等构建的翻译作品。这样的翻译推动了“白话文革命”。白话文的语句应用，正是通过直接借用西方的语言表述方式的翻译和著述，逐渐演进为现代汉语的语法和形式逻辑。

著译不分家，著译合一。这是当时的独特现象。这套丛书所选的译著，其译者大多是翻译与创作合一的文章大家，是中国现代书面语言表述和中国现代文学创作的实践者。如林纾、耿济之、伍光建、戴望舒、曾朴、芳信、李劼人、李葆贞、郑振铎、洪灵菲、洪深、李兰、钟宪民、鲁迅、刘半农、朱生豪、王维克、傅雷等。还有一些重要的翻译与创作合一的大家，因丛书选入的译著不涉及未提。

梳理并出版这样一套丛书，是在还原中国现代文学史上的重要文献。迄今为止，国人对于世界文学经典的认同，大体没有超出那时的翻译范围。

当今的翻译可以更加成熟地运用现代汉语的句式、语法及逻辑接轨于外文，有能力超越那时的水准。但也有不及那时译者对中国传统语言精当运用的情形，使译述的语句相对冗长。当今的翻译大多是在著译明确分工的情形下进行，译者就更需要从著译合一的大家那里汲取借鉴。遗憾的是当初的译本已难寻觅，后来重编的版本也难免在经历社会变迁中或多或少失去原本意蕴。特别是那些把原译作为参照力求摆脱原译文字的重译，难免会用同义或相近词句改变当初更恰当的语义。当然，先入为主的翻译可能会让后译者不易企及。原始地再现初时的翻译本貌，也是为当今的翻译提供值得借鉴的蓝本。

搜寻查找并编辑出版这样一套丛书并非易事。

首先确定这些译本在中国是否首译。

其次是这些首译曾经的影响。丛书拾回了许多因种种原因被后来丢弃的不曾重版的当时译著，今天的许多读者不知道有所发生，但在当时确是产生过一定的影响。

再次是翻译的文学体裁尽可能齐全，包括小说、戏剧、传记、诗歌等，展现那时面对世界文学的海纳百川。特别是当时出现了对外国戏剧的大量翻译，这是与在新文化运动影响下兴起的模仿西方戏剧样式的新剧热潮分不开的。

困难的是，大多原译著，因当时的战乱或条件所限，完好保存下来极难，多有缺页残页或字迹模糊难辨的情况，能以现在这样的面貌呈现，在技术上、编辑校勘上作了十足的努力，达到了完整并清楚阅读的效果，很不容易。

“民国世界文学经典译著·文献版”首编为九辑：一至六辑为长篇小说，61种73卷本；七辑为中短篇小说，11种（集）；八、九辑为戏剧，27种32卷本。总计99种116卷本。其中有些译著当时出版为多卷本，根据容量合订为一卷本。

总之，编辑出版这样一套规模不小的丛书，把世界文学经典译著发生的初始版本再为呈现，对于研究界、翻译界以及感兴趣的读者无疑是件好事，对于文化的积累更是具有延续传承的重要意义。

2018年3月1日

[俄] 屠格涅夫（Turgenev，L.S.）著　耿濟之 譯

村中之月

中華民國二十六年三月初版

在場人物表

阿爾卡其塞爾格意思拉甫　富田主，三十六歲．

拿達里亞彼得洛甫納　其妻，二十九歲．

關略　他們的兒子，十歲．

萬洛慈卡　養女，十七歲．

安娜謝美諾甫意思拉甫　意思拉甫的母親，五十九歲．

麗查魏泰鮑格達諾甫納　女友伴，三十七歲．

莎甫　德國師保，四十五歲．

米海爾阿乘克省德洛菲拉基金　意思拉甫家的密友，三十歲．

阿列克謝尼古拉白略夫　大學學生，關略的教習，二十一歲．

阿芳拿西意溫諾菲鮑里杏查甫　鄰人，四十八歲．

意格拿基意里奇士北格爾司基　醫生，四十歲．

瑪脫魏　僕人，四十歲．

卡加　女僕，二十歲．

事情發生在意思拉甫的家裏，一千八百四十年之初．

第一幕

戲臺上飾着客室．右邊是牌桌和入書室的門；中間是通大廳的門；左邊兩扇窗，一張圓桌．屋角裏放着幾張椅子．牌桌旁坐着安娜，麗查魏泰和莎甫三人，在那裏鬭牌；拿達里亞和拉基金兩人坐在圓桌傍邊．拿達里亞正縫着飾布；拉基金手裏持着本書．壁間鐘兒正指着三點．

莎甫　得了『蠹蟲』．（譯者按此係賭牌之術語）

安娜　又來了麼？你這個樣子簡直要使我們輸盡了．

莎甫　（極高興的樣子．）八個『蠹蟲．』

安娜　（對麗查魏泰說．）這個樣子！簡直的不能同他鬭牌．（麗查魏泰微笑了一下）

拿達里亞　（對拉基金說）爲什麼你又頓住了？快念罷！

拉基金　（慢慢擡起頭來）『門脫克里司督（Monte-Cristo）喘着氣站立起來……』

拿達里亞，你研究這個麼？

拿達里亞　稍爲想研究一下．

拉基金　做什麼要念他呢？

拿達里亞　是爲着這個緣故．前些日子有一位夫人對我說：『你不念門脫克里司督麼？你不妨念一念——這本書做得很妙．』我那時候一句話也沒有回答他，現在我卻可以對他說我雖然念過，但是找不出一點精妙的地方．

拉基金　不錯，如果你現在已經能夠信……

拿達里亞　唉，你好懶呀！

拉基金　不要生氣，立刻就念……（尋出剛纔停頓的地方來）『喘着氣站立起來，並且……』

拿達里亞　（自己打斷他話）今天你見着阿爾卡其麼？

拉基金　我在堤上和他見過．……你們家正動工修堤．他一會兒同工人在那裏講解一切，一會兒又自己跳到沙灘上去．

拿達里亞　他做什麼事情都是十分狂熱的，……未免太勤謹了．這是他的毛病．你以爲怎樣？

拉基金　你的話我很贊同．

拿達里亞　眞厭悶死了！……你老贊成我的話；快念下去罷！

拉基金　啊！這樣說，你倒願意我同你拌嘴．……

拿達里亞　我願意……我願意！……我願意使你願意……對你說，快念下去罷．

拉基金　是啦．（重又念起書來）

莎甫　得了『蠹蟲』．

安娜　怎麼？又來了？這個眞忍受不住！（對着拿達里亞）拿達里亞！……拿達里亞！……

拿達里亞　什麼事？

安娜　你想想，莎甫簡直使我們輸得要死．……得了七八個『蠹蟲』．

莎甫　現在是七個.

安娜　你聽見麽? 眞可怕.

拿達里亞　是……眞可怕.

安娜　這種牌眞討厭!（對拿達里亞）閪略到那裏去了?

拿達里亞　他同着新教習一塊兒逛去了.

安娜　啊! 麗查魏泰, 我請你.

拉基金　（對拿達里亞）同着那個教習?

拿達里亞　啊! 不錯我忘着對你說了……你不在這裏的時候, 我們聘請了一位新教習.

拉基金　是代替杜福爾的麽?

拿達里亞　不是……是俄國教習. 至於法文教習親王夫人也快從莫斯科替我們請來了.

拉基金　那個俄國人怎麽樣? 年紀老麽?

拿達里亞　不，年紀很輕。我們祇請他教一個夏天。

拉基金　啊！那是臨時約定的。

拿達里亞　大概是這個樣子罷。還有一層，你很愛觀察人，分別人。……

拉基金　得了。你怎麼了？……

拿達里亞　你無妨對於他注意一下子。你很喜歡他。他那又瘦又整齊的臉，高興的眼光，和勇敢的態度。……你實在可以看得出來。他固然十分不伶俐……然而這個樣子在你一方面看來，實在是不好。……

拉基金　拿達里亞，你今天怎麼這般咄咄逼人呢？

拿達里亞　不要鬧玩笑，眞的請你注意一下。我覺得他是個正直的人。然而這個誰知道呢！

拉基金　你引起了我的好奇心……

拿達里亞　實在麼？（悄悄想了半天）快念下去罷。

拉基金　『喘着氣站立起來並且……』

拿達里亞　（忽地向四周看了一看）萬洛慈卡那裏去了？從早晨就沒有看見他（向着拉基金微笑）把這本書拿開罷……我看我們今天念不成了……不如給我講述一二件事情……

拉基金　叫我說什麼給你聽呢．你知道我前幾天住在克里尼差家裏……後來我們那些少年人已經厭倦起來……

拿達里亞　你怎麼看得出來呢？

拉基金　難道厭倦還能够隱瞞麼？別的全能够……厭倦卻不能够……

拿達里亞　（看着他）別的全能够麼？

拉基金　（靜默了半天）我想一想罷．

拿達里亞　（垂着眼）請問，你在克里尼差家裏做些什麼事情呢？

拉基金　沒有什麼．同着朋友厭悶實在是一件無意思的事情．無論你怎樣靈巧，怎樣自由，並且怎樣愛他們，但是厭悶卻使你萬般的沒味，心臟緊緊的跳着，彷彿枵腹的人一般。

拿達里亞　大概你平常同着朋友們時時有厭悶的時候。

拉基金　有個人在那裏，你愛他，卻又厭他，你看那怎麼辦呢！

拿達里亞　（遲疑着）那個人你愛的……這是一句極偉大的話。你說話時常這般深奧。

拉基金　深奧……爲什麼深奧呢？

拿達里亞　這實在是你的缺點。你固然很聰明，但是……（停頓一下）有時同你說話，正彷彿纏絲一般。……你沒有看見過纏絲麼？在汚穢的房子裏身子一點也不動……絲線是好東西，但是一口清水在熱天都更覺得好。

拉基金　拿達里亞，你今天……

拿達里亞　什麼？

拉基金　你今天怎麼對我生氣！

拿達里亞　喔，心氣狹窄的人，你雖然聰明，心氣卻很狹窄！……不，我並不對你生氣。

安娜　啊！又輸了！糟了！（對着拿達里亞）這惡人儘叫我輸錢。

莎甫　（啞聲）麗查魏泰，你錯了……

麗查魏泰　（怒意）請你恕我，我不知道安娜……沒有『蠢蟲』。

莎甫　從前我沒有『請』麗查魏泰。

安娜　（對莎甫）他有什麼錯呢？

莎甫　從前我沒有『請』麗查魏泰。

麗查魏泰　我怎麼了？請問！……

拉基金　我越向你看視，便越不認識今天你那副臉兒。

拿達里亞　（露出好奇心）實在麼？

拉基金　不錯。我看出你有些變更。

拿達里亞　是麽！……旣是這樣，請你猜一猜什麽地方發生變更，我有什麽事情發生，——啊？

拉基金　你等一等……

（闊略忽地從大廳裏跑進來，一直走到安娜身邊，嘴裏不住的嚷着。）

闊略　祖母，祖母！看這個東西！（拿出一張弓幾根箭來看）

安娜　我的心肝，拿來給我看……啊，好一個整齊的弓兒！誰給你做的？

闊略　就是他……他……（指着白略夫，那時候他正站在廳門旁邊）

安娜　啊！做得眞好。

闊略　我已經往樹上射過，卻中了兩下……（跳躍起來）

拿達里亞　闊略，拿來給我看。

闊略　（跑到他母親那裏去）啊，媽媽！白略夫先生還會爬樹！他願意教我，並且還要教給我泅水的方法。他什麽事情都要教給我呢！（跳躍起來）

拿達里亞 （對着白略夫）先生對於闊略能深爲注意，我十分感謝……請你使他做成一個又靈巧又正直的小孩．

闊略 （很高興）媽媽，我很愛他愛他！

拿達里亞 （看着闊略的頭）我們自然對他有點溺愛的地方……

（白略夫鞠着躬）

闊略 白略夫，我們到馬廐裏去，奪佛渥里脫的麵包

白略夫 去罷．

安娜 （對着闊略）這裏來，同我再親個嘴……

闊略 （跑走）祖母，等一會等一會！（跑進廳裏去；白略夫跟着他走．）

安娜 （目送闊略）這個可愛的小孩！（對着莎甫和麗查魏泰）不對麽？

麗查魏泰 不錯．

莎甫 （靜默了一會）我鬭過去了．

拿達里亞　（很高興的對着拉基金說）唔，你看這個人怎麼樣？

拉基金　誰呢？

拿達里亞　（靜默着）就是那個……俄國教習．

拉基金　啊，請恕我——我竟忘掉了……我正在那裏想你設給我的問題……（拿達里亞看着他，微微笑起來）然而他的臉……實在……不錯，他的臉很好．我很喜歡他．不過大概這個人是很沈悶的．

拿達里亞　對了．

拉基金　（看着他）然而我終還不能够得着一個統計……

拿達里亞　拉基金，我們不要研究他麼？你願意不願意？那眞是對於有判斷的人最好的機會！因爲我們還算是很有判斷的，不對麼？

拉基金　這個少年人你很想研究他．如果他知道這件事情，他一定引爲榮幸．

拿達里亞　喔，沒有這個事情！對於他是無從判斷的，因爲……如果我們站在他的地位上……因爲他一點也不和我們相似。這一點最不好：我們極勤謹的研究自己，以後就設想我們有知人之能。

拉基金　別人家的心虛那就彷彿深黑的樹林一般。……爲什麽這般譏諷……爲什麽你這樣扎刺我？

拿達里亞　旣是親密的朋友，還叫什麽扎刺……你是我的好友……（握他的手。拉基金含着笑，十分高興）你是我的老朋友。

拉基金　我祇怕一層……恐怕那老朋友要爲你所厭了……

拿達里亞　（笑着）一樣好東西纔喫厭呢。

拉基金　也許這樣……不過這個於他們並沒有關係。

拿達里亞　得了……（低聲）難道你還不知……你我的情形麽？

拉基金　拿達里亞，你太同我鬧着玩笑，正彷彿貓和鼠兒一般……然而鼠兒終究是不怨的。

拿達里亞　啊，可憐的老鼠！

安娜　你那裏是二十……啊！

莎甫　從前我沒有『請』麗查魏泰。

（瑪德魏進來稟事）

瑪德魏　意格拿基醫生來了。

意格拿基　（跟着進來）醫生是不用稟白的。（瑪德魏出）全家都好呀！（和安娜握手）太太，你好呀。啊，贏錢了麼？

安娜　贏什麼錢！幾乎全輸光了……全是那個惡人幹的。（指着莎甫）

意格拿基　（對着莎甫）這是同着婦人們呀！太不好了！……我眞不知道你是什麼回事。

莎甫　（呶呶的說着）同着婦人們，同着婦人們……

意格拿基　（向左走到圓桌前面）拿達里亞，你好呀！拉基金，你好呀！

拿達里亞　醫生，你好呀，你身體怎樣？

意格拿基　這個問題我聽着很喜歡……這樣說，你一定很健康。至於我就怎樣呢？好醫生決不會生病；那末難道忽然一下子就會死去……哈，哈，哈！

拿達里亞　請坐。我實在很健康……但是心神不寧……固然這個也可以算不健康。

意格拿基　（坐在拿達里亞後邊）看一看你的脈息……（按起脈來）啊，這是神經的關係，……你少遊逛，少笑……那便……拉基金，你的看法如何？不過也可以服一點白藥水。

拿達里亞　我是離不了笑容的……（很高興的神氣）你既然是醫生……你的舌頭自是很笨，我卻因此很愛你並且敬你……請你說幾樁笑話給我聽聽。拉基金今天卻老裝着哲學家的神氣。

意格拿基　（偷偷的看着拉基金）可見不但是神經一樣受苦，膽汁也還有點消散……

拿達里亞　醫生，也請隨便觀察一下，都不要高聲。我們全知道你十分聰明……你們兩個全很聰明。

意格拿基　就這樣辦麼？

拿達里亞　再請你說點笑話給我們聽聽。

意格拿基　好罷。難道可以不想不猜，——隨隨便便的說起來……讓我聞一點煙再說。

拿達里亞　正好排場呀！

意格拿基　你不知道笑話和笑話都有不同的地方，也就要看着說了！譬如說我們那位鄰舍赫洛普希金先生祇須你拿指頭指一指，他已經要咳嗽着，哭着了……至於你卻……現在我已經想起一件事情。你認識魏龍尼成麼？

拿達里亞　彷彿知道，也許聽見過這個人。

意格拿基　他有個瘋狂的妹子。據我看起來，他們兩人全都是瘋子，也全都是有健全意識的人；因爲他們兄妹之間實在沒有什麼分別，然而這件事情並不在此。魏龍尼成有個女兒，容貌還算美麗，眼睛是白的，鼻子是紅的，牙齒是黃的；奏琴跳舞還都算不錯。他有二百個『靈魂』（農夫）姑母那裏又取得一百五十個『靈魂』他姑母現在還活着，大凡瘋子差不多全活得很長．他寫下遺囑交給姪女，前天晚上我曾親手把冷水灌在他頭上——卻一點沒有用處，因爲他那種病是沒法醫治的．那時候魏龍尼成的女兒已經到了做新婦的時候，父親便把他搬到社會上去，一下子就遇見了一個少年，名叫潘勒庫作甫，人還算正直，脾氣不免膽怯點．父女兩人也都很看中他．大概這件事情一定是能夠成局的了．魏龍尼成目覩快壻，心裏也着實喜歡．不料好事多磨，斜刺裏忽地來了個名叫阿爾達龍的軍官！他在首將家晚會上和魏龍尼成的女兒相見，兩人便跳舞了三次，還斜闔着眼睛對他說道：『啊，我好幸福啊！』那位姑娘登時不知所措．眼淚也流下來了，還夾着一層的歎氣．……既不正眼看一看潘勒庫作甫，也不同他說半句話，至於『結婚』那件事情想祇得作罷了．魏龍尼成沒有法子，也只好讓他做去．阿爾達龍於是常到姑娘家裏去，兩人極其愛好．後來阿爾達龍向姑娘求婚，你以爲怎樣？那姑娘一定很快樂的答應麼？不料不是這樣！又流下眼淚來，並且夾着一層的歎氣．

父親竟給他弄得楞住了，便問他到底怎麽樣？心裏願意什麽？你想他怎麽回答？他說：我不知道愛誰好，卻那個人都愛．父親問他：『這是怎麽講究呢？』他說我也並不知道，最好我誰都不嫁給他，卻是愛他們！他父親給他這幾句話氣出病來；那兩個少年也不知道到底怎麽辦？那姑娘卻還是這樣．你想想這個事情奇不奇．

拿達里亞　這個事情我並不覺得奇怪……難道不能够同時愛上兩個人麽？

拉基金　啊！你想着……

拿達里亞　（慢慢的說）我想着，……但是我不知道，……也許這個可以證明兩個人都不愛．

意格拿基　（一邊嗅着鼻煙葉，一邊看着他們兩人．）是這樣，是這樣……

拿達里亞　（對着意格拿基．）你的故事說得很少但是終引不了我的笑．

意格拿基　唉，我的太太，誰現在能够引你笑呢？你現在用不着這般笑．

拿達里亞　那麽我用得着什麽呢？

意格拿基（假裝着安靜的態度）然而上帝見得出來啊！

拿達里亞　唉，你這個人厭煩還不下於拉基金.

意格拿基　承你的誇獎……（拿達里亞做出無可忍耐的樣子）

安娜（從座上起來）唔，完了……（歎氣）腿都坐痛了.

（麗查魏泰和莎甫也立起身來）

拿達里亞（立起來，走到他們面前.）你們也願意坐得這般長久……

（意格拿基和拉基金也立起來）

安娜（對着莎甫）欠你七角錢.（莎甫冷冷的鞠了一躬）你還不能夠叫我們輸得怎麼樣.（對着拿達里亞）你今天彷彿臉色很白.你舒適着麼？……意格拿基，他舒適着麼？

意格拿基（正同拉基金在那裏說話）很健康着呢！

安娜　好，好.……我在飯前且去休息一下.……累乏得要死了！麗查魏泰，一塊兒去.……

唉，脚痛得很……

（安娜同着麗查魏泰往大廳裏走去．拿達里亞送他到門那裏．意格拿基，拉基金，和莎甫還留在前臺）

意格拿基　（一面授給莎甫鼻煙盒，一面對他說）唔，你好呀！

莎甫　（嗅了一下煙）很好你怎麼樣呢？

意格拿基　謝謝你，很好．（輕輕的對拉基金說）你不知道拿達里亞今天怎麼了麼？

拉基金　實在不知道．

意格拿基　原來你也不知道……（回轉身來，見拿達里亞正從門兒那裏回來，便迎上去．）拿達里亞，我有一點小事奉商，

拿達里亞　（走到窗旁）難道麼？什麼事？

意格拿基　我要同你獨自說幾句話……

拿達里亞　這樣說……你不要驚嚇我啊！

（那時候拉基金拉着莎甫的手，同着他來回走着，用德國話輕輕說着。莎甫一邊笑，一邊說。）

意格拿基 （低聲）你這件事情並不對你一個人發生關係……

拿達里亞 （看着花園）你要說什麼話？

意格拿基 這件事情是這樣的。我有一個熟識的朋友，請我來問你對於你養女萬洛慈卡所做的打算。

拿達里亞 我的打算麼？

意格拿基 就是……直直爽爽的說，我的朋友……

拿達里亞 不要向他求婚麼？

意格拿基 對了。

拿達里亞 你鬧玩笑麼？

意格拿基 決不能的。

拿達里亞　（笑起來）得了，他還是個小孩；這種事情眞奇怪！
意格拿基　那有什麼奇怪！我的朋友……
拿達里亞　你辦的事情眞大！你的朋友是誰？
意格拿基　（含笑）等一等．你還沒有對我說過你的打算……
拿達里亞　得了，醫生萬洛慈卡還是個小孩．這個你自己很知道．（回轉身來）你看不是他來了麼！
（闊略和萬洛慈卡從大廳裏跑入）
闊略　（跑到拉基金身邊）拉基金，請你給我漿糊，漿糊……
拿達里亞　（對着萬洛慈卡）你在那裏？（看他們的臉上）你的臉怎麼這般紅！
萬洛慈卡　從花園裏來……（意格拿基對他鞠躬）意格拿基，你好呀！
拉基金　（對着闊略）你要漿糊做什麼用？
闊略　有用，有用．……白略夫給我們做一條蛇……快拿來罷．……

拉基金　（要按鈴）立刻，立刻……

莎甫　闊略，你今天講義都沒有念……（拉住闊略的手）這裏來罷．

闊略　（憂愁起來）等一等，莎甫先生，等一等……

莎甫　（嚴厲的態度）等一等，等一等，等到什麽時候再上功課……你快來罷……（闊略抵抗起來）

拿達里亞　你同誰玩得這般長久？我從早晨就沒有見過你．

萬洛慈卡　同着白略夫……又同着闊略……

拿達里亞　啊！（回過身來）闊略，這是怎麽會事？

闊略　（低聲）莎甫先生……媽媽……

拉基金　（對着拿達里亞）他們在那裏做蛇，這邊都要他上功課．

莎甫　（驕傲的樣色）是上功課的時候了！……

拿達里亞　（嚴厲的對着闊略）聽着，你今天跑得也够了……快同莎甫先生念書去罷．

莎甫　（領闊略往大廳裏走）快去念書去罷……

闊略　（臨走時，對拉基金輕輕說）你還是讓他們取漿糊好了……（拉基金點着頭）

莎甫　（拉住闊略）快來快來……（兩人走進大廳裏去，拉基金跟在後面）

拿達里亞　（對着萬洛慈卡）坐着罷……大概你也累乏了……

（萬洛慈卡坐下，拿達里亞自己也坐下）

萬洛慈卡　到還不累。

拿達里亞　（含笑對着意格拿基）請你看，他還不累麼？

意格拿基　萬洛慈卡身體是很強健的。

拿達里亞　我不這樣說……（對着萬洛慈卡）唔，你在園裏做些什麼事？

萬洛慈卡　玩逛；還有跑步。起初我們去看掘河堤，後來白略夫爬上樹去捕松鼠，爬得很高，樹頂搖個不住……我們全害怕得很……到底松鼠墜下來了，脫萊作爾幾乎把他捕住……卻終給他跑走了。

拿達里亞　（含笑看着意格拿基）以後呢？

萬洛慈卡　以後白略夫替闊略做了隻弓……做得很快……後來他在田地裏走近一隻牛旁邊，從他背上跳過去……那隻牛害怕起來，一邊跑起來，一邊蹴起人來……他不由得大笑。後來白略夫答應我們做隻蛇，所以我們就跑到這裏來了。

拿達里亞　（括他的臉）小孩，小孩，你簡直是個小孩……啊？意格拿基你以爲對不對？

意格拿基　（看着拿達里亞，慢慢的說）你的話我看得很對。

拿達里亞　說是這樣啊！

意格拿基　但是這個並沒有什麼妨礙……並且……

拿達里亞　你以爲這樣麼？（對着萬洛慈卡）唔，你很喜歡麼？

萬洛慈卡　不錯……白略夫這個人很有趣。

拿達里亞　對了……（停頓了一會）萬洛慈卡，你現在幾歲？（萬洛慈卡看着他，露出驚奇的顏色。）小孩……小孩……

（拉基金從廳內入，）

意格拿基　啊，我竟忘掉了……你們那個車夫病了……我還要看看他去……

拿達里亞　他什麼病？

意格拿基　熱病；卻沒有多大危險．

拿達里亞　（對他一看）醫生，你在我們家裏用飯麼？

意格拿基　很好．（走進大廳裏去）

拿達里亞　我的孩子，你去換一件衣服來吃飯……（萬洛慈卡立起身來）到我這裏來．……（親他的額角）大孩，小孩！（萬洛慈卡親拿達里亞的手，便走進書房去了．）

拉基金　（輕輕的對萬洛慈卡說）我已經把那東西送給白略夫了．

萬洛慈卡　（輕輕的說）謝謝你．（他就出去）

（拉基金走到拿達里亞面前拿達里亞伸出手來．拉基金緊緊的拉着．）

拉基金　現在祇有我們兩人在這裏……拿達里亞，說給我聽，你有什麼事情？

拿達里亞　沒有什麼．就是有什麼，也早就過去了．請坐罷．（拉基金坐在他旁邊）一點也發生不出什麼事情來．爲雲在天上走着．你爲什麼這般看我呢？

拉基金　我看着你．……我好幸福啊！

拿達里亞　（報之以笑）把窗兒開開來罷．園子裏都好啊！（拉基金站起來開窗）風兒，你來呀！（笑起來）他彷彿等着機會偷將進來．……（四周一看）他已經佔滿了全屋．……現在也趕他不出去了．……

拉基金　現在你自己也很溫柔輕妙，好比雷雨後的晚上．

拿達里亞　（悄悄的重複末句話）雷雨後的晚上．……難道下暴雨了麼？

拉基金　（搖頭）預備着了．

拿達里亞　實在麼？（看着他，不言語了半天．）我常想世界上人比你好的再也沒有．這是實在的．（拉基金想着止住他）請你別擾亂我．你又謙恭，又和藹，又有恆心．你決不會變．我可以斷定你．

拉基金　拿達里亞，爲什麼你現在對我說這個話？

拿達里亞　我不知道；我覺得高興我要休息請你不要禁止我說話……

拉基金　（握他的手）你正好得像天神一般！

拿達里亞　（笑起來）今天早晨你決不會說這句話……你既經知道我，你應當饒恕我。我們的交情很誠潔很眞摯……卻終不十分自然——我們兩人的情形，無論是阿爾卡其，是別人，都不能看得上眼……（想了一會）因此有時候我覺得難受，覺得不合適，便如同小孩一般，遷自己的憂愁在別人身上……最多是在你的身上。你這個不覺得生氣麼？

拉基金　並不生氣。

拿達里亞　不錯，有時愛着誰，雖然受苦，也覺得高興……因爲我彷彿達卡娜一般，也能够說『爲什麼奸猾呢？』

拉基金　拿達里亞，你……

拿達里亞 （截斷他話）是……我愛你；但是拉基金，你知道不知道？知道不知道有時候我覺得這『我愛你』一句話使我十分奇怪……這種情感又明晰，又平和……他不驚擾我……我被他溫暖，但是……（露出活潑的神氣）你永沒有讓我哭過……我卻以爲應當……（斷住）這是什麼意思呢？

拉基金 （有點憂愁起來）這種問題用不着回答。

拿達里亞 （憂思）不過我們兩人久已熟識。

拉基金 四年了。不錯，我們是老朋友。

拿達里亞 老朋友……不，你對於我還有甚於朋友的……

拉基金 拿達里亞，不要提起這個問題……我很害怕我的幸福恐要隱藏在你的手下。

拿達里亞 不……不……不。這種事情全由於你太好的緣故……你太縱容我了……你太溺愛我了，……你太好了，聽見沒有？

拉基金 （微笑）是，是。

拿達里亞　（看着他）我不知道你怎樣……我不求別的幸福……許多人能夠忌妒我．（拉着他兩手）不對麼？

拉基金　我完全在你權力之下……請你做你所願意的……（大廳裏聽見阿爾卡其的聲音說道：『那末你派去找他麼？』）

拿達里亞　（趕緊起來）他來了！我現在不能見他……再見罷！（進書房裏去）

拉基金　（目送他去）這是怎麼回事？終端的起首，或者簡直是終端麼？（靜默一會）還是起首麼？

（阿爾卡其入，臉上露出忙迫的神氣，脫下帽來．）

阿爾卡其　拉基金，你好呀！

拉基金，今天我們已經見過了．

阿爾卡其　啊！恕我……我太忙了（在屋內行走）奇怪的事情！俄國鄉下人很有思想，很明白道理，我極尊敬他們……然而有時你同他講解，同他談論，……覺得很明白，卻還是沒有益處。俄國鄉人沒有這個……這個……

拉基金　你還整天在堤上忙着麼？

阿爾卡其　那個……那個愛做工的心終是沒有的。……他終不讓你把自己意思表現出來。祇說道：『老爺，是，是，是……』究竟他所謂『是，是』的是些什麼，——簡直還是個不知道。你再看一看德國人，就更知道我們俄國人是沒有忍耐心的。——雖然如此說，我總敬愛他們。……拿達里亞那裏去了？不知道麼？

拉基金　他剛纔還在這裏呢。

阿爾卡其　幾點鐘了？到吃飯的時候了。從早晨起就站着——做了許多事情……並且今天還沒有從事建築。時候過得這樣快！眞糟極了！——簡直來不及辦什麼事情。（拉基金笑將起來）我看你正在那裏笑我。……那也有什麼法子呢？叫誰辦呢？我是個規矩人，生來就是家主的胚子。——也只得這樣。有了空暇時候，我就想別項事情。咦，怎麼白略夫還沒有來？

拉基金　白略夫是誰？

阿爾卡其　就是那個俄國教習人品還整齊；我們也算合得上．就是那個孩子也並不愚笨．我今天請他去看建築得怎麽樣……（白略夫入）你看不是他來了麽！怎麽樣？不又一點也不做工麽？啊？

白略夫　不，正做着工呢．

阿爾卡其　第二根柱子完了沒有？

白略夫　已經在那裏做第三根了．

阿爾卡其　對於四角木框那一層你提起了沒有？

白略夫　說過了．

阿爾卡其　怎麽樣呢？

白略夫　他們說他決不會做別種樣子的．

阿爾卡其　唔……埃爾米木工在那裏麽？

白略夫　在那裏呢，

阿爾卡其　啊！……唔，謝謝你！（拿達里亞入）拿達里亞！你好呀！

拉基金　怎樣你今天見着個個人都問起好來了？

阿爾卡其　對你說人家忙得很呢。，喂我還沒有把新風扇子指給你看過麼？不妨去看一看；這是極有趣的扇起來簡直能發出極大的風。飯前還來得及去看……你願意去麼？

拉基金　好極了。

阿爾卡其　拿達里亞，你不同我們一塊去麼？

拿達里亞　難道我還明白你們這種風扇麼？——你們自己去罷，——看一看就回來。

阿爾卡其　（同着拉基金走去）我們立刻就來……（白略夫也正想着跟着他們走）

拿達里亞　（對着白略夫）喂，你往那裏去？

白略夫　我……我……

拿達里亞　不過你如果喜歡遊逛……

白略夫　不，我一早晨都在外面！

拿達里亞　啊！那末請坐罷……坐在這裏。（指着椅子）我們兩人還沒有說過多少話。我們還沒有十分熟識。（白略夫鞠躬後坐下）並且我很願意和你熟識。

白略夫　我……我很覺得榮幸。

拿達里亞　（微笑）你現在很怕我，我這個我看得出來……但是等過幾時，你知道了我，便不會怕我了。請問，你今年幾歲？

白略夫　二十一歲。

拿達里亞　堂上還在麼？

白略夫　母親已死。父親活着。

拿達里亞　令堂死得許久時候麼？

白略夫　許久了。

拿達里亞　你還記得他麼？

白略夫　當然記得．

拿達里亞　令尊是不是住在莫斯科？

白略夫　不，住在鄉村裏．

拿達里亞　啊！你有兄弟……姊妹沒有？

白略夫　有一個妹妹．

拿達里亞　你很愛他麽？

白略夫　自然愛他．他比我年紀輕得多呢．

拿達里亞　他叫什麽名字？

白略夫　叫拿達里亞．

拿達里亞　（露出高興的神氣）拿達里亞？我也叫做拿達里亞……（停頓了一下）你很愛他麽？

白略夫　很愛他．

拿達里亞　你看我的闊略怎麼樣？

白略夫　他是個極可愛的小孩．

拿達里亞　眞的麼？他實在是個可愛的小孩．他現在已經同你很熟了．

白略夫　我盡心去做．……我很喜歡．……

拿達里亞　我自然是希望他將來能成個能幹的人．我不知道我這個究竟能成不成，然而我終願意他能够高高興興的想起幼年時候的事情．讓他在自由裏生長——這是件最重要的事情．我當時所受的教育卻不是這樣的；我的父親爲人極好，卻易怒倘嚴．……從我母親起家裏人個個都怕他．我們幾個小孩一聽見他來叫去，便不住暗地裏禱告起來．我父親有時候極力愛撫我，然而他擁抱之間，還時露出神魂欲絕的態度．後來我哥哥長成，大概你也曾聽過他們父子兩人鬧絕的事情．……我做着孝順的女兒，直到他的死去．……他一提起我，就十分喜歡．晚年他眼睛瞎了，需我服伺，便越發愛我；然而他越愛我，卻越使我勾起以前幼時的感想．……我怕那盲目的老人；他一在傍邊，我就覺得自己很不自由……大概這種懼怕的痕跡到現今還未消滅淨盡……我本來同你講的是闊略的事情，怎麼會不知不覺說到自身上來。不過我願意說我按着自己的經驗知道小孩最好能生長在自由中間……我想你在幼時一定不受什麼壓迫，對不對？

白略夫　說得很對……自然誰都不會壓迫我……也誰都不會理會我……

拿達里亞　（囁嚅着說）那末令尊難道……

白略夫　他不管這些事情。他時常到鄉鄰家去……做些什麼事情。也許沒有什麼事情，然而……他卻因此可以得些麵包，——因他服務的功勞。

拿達里亞　啊！那末誰都不管到你的教育一方面麼？

白略夫　實在說，簡直沒有什麼人管到這一層。所以我很覺得我自己的缺點。

拿達里亞　也許……卻不盡然……（止住話，重又囁嚅着說）啊，昨天晚上是你在花園裏唱歌麼？

白略夫　什麼時候?

拿達里亞　晚上,在池湖傍邊,是你麼?

白略夫　是我.(趕緊說)我想不到……池湖離這裏很遠……我想不到這裏能够聽得見.……

拿達里亞　你這個樣子,彷彿是要賠罪麼?你的嗓音很流暢,很佳妙,你唱得很好.你學過音樂麼?

白略夫　並沒有學過.我聽會着幾句,便唱將出來……那是個極平常的歌調.

拿達里亞　你唱得極好……我終要求你唱一唱……不是現在,卻是在我們互相熟識互相接近的時候……你看是不是將來我們一定要十分接近!我很信你這個人,我這種嘮叨話對你說那就是個相信你的證據……(拿達里亞伸出手來,讓他握着.白略夫慢慢的握着拿達里亞的手,心裏遲疑得很,不知道怎麼辦,不由得便用嘴把他手親了一下.拿達里亞滿臉通紅,趕緊洒開自己的手.那時候從大廳裏意格拿基走將進來,看見這個樣子，便站住步，想着回頭走。拿達里亞趕緊起來，白略夫也立起來。）

拿達里亞　（恐慌的態度）啊，是你，醫生。……我卻正同白略夫在那裏。……（止住話）

意格拿基　拿達里亞，你想一想你們家裏做出些什麼事情。我一進僕役室，去看那病車夫；不料一看，正見他坐在桌傍，漲紅着兩頰，在那裏喫葱油餅。好，以後你們趕快去研究醫術，希望人家生病，便有極大的收入！

拿達里亞　（佯笑）啊！實在麼？……（白略夫正想走）白略夫，我忘着對你說……

萬洛慈卡　（從廳裏跑進）白略夫！白略夫！（看見拿達里亞，忽然站住。）

拿達里亞　（露驚奇的態度）什麼？什麼事？

萬洛慈卡　（臉紅起來，低着頭，指白略夫，說道。）人家叫他呢。

拿達里亞　誰？

萬洛慈卡　闊略……闊略叫來請他做條蛇。……

拿達里亞　啊！（輕輕對着萬洛慈卡說）進屋子不能够這般走。……（對着意格拿基）

醫生，幾點鐘啦？你的錶可準……大概已到喫飯的時候．

意格拿基　（從口袋裏摸出錶來）現在……現在五點二十分鐘．

拿達里亞　是喫飯的時候了．（走到鏡傍，理一理頭髮．那時候萬洛慈卡同白略夫不知說些什麼話．兩人都笑了．拿達里亞從鏡裏看着他們．意格拿基也斜着眼向他們看着）

白略夫　（輕輕笑）難道這樣麼？

萬洛慈卡　（一面點頭，一面輕聲說）是，是，跌下來了．

拿達里亞　（冷冷的對着萬洛慈卡）怎麼？誰跌下來？

萬洛慈卡　（露恐慌色）不……白略夫在那裏按了個鞦韆，奶娘也想着……

拿達里亞　（不等得說話，便對着意格拿基說）意格拿基，這裏來……（一面引意格拿基到一邊，一面對着萬洛慈卡說道．）他沒有跌傷麼？

萬洛慈卡　沒有．

拿達里亞　是……然而白略夫，這是你故意……

瑪德魏　（從廳裏進入，稟白道．）飯預備好了．

拿達里亞　啊！阿爾卡其在那裏？他同拉基金一定又晚到了．

瑪德魏　他們已經在餐室裏了．

拿達里亞　母親呢．

瑪德魏　也在餐室裏．

拿達里亞　好，我們就去罷．（指着白略夫）萬洛慈卡，你同着白略夫先生一塊兒來．

（瑪德魏出，白略夫和萬洛慈卡跟在後邊．）

意格拿基　（對着拿達里亞）你想同我說什麼話？

拿達里亞　不錯！就是……我們剛纔談的那件婚事．

意格拿基　就是關於萬洛慈卡的事情麼？

拿達里亞　是的．我想一想……我想一想．

（兩人進大廳裏去）

第二幕

戲臺上飾着花園。樹下左右都是椅子；中間栽着好幾棵『覆盆子』樹。卡加和瑪德魏自右入。卡加手裏持着一只筐兒。

瑪德魏　卡加，怎麼啦？誠誠懇懇的求你講一講……

卡加　瑪德魏，我實在……

瑪德魏　你一定很知道我對待你的辦法。自然我年紀比你大：這是無可諱言的；但是我自己終還信得過，年紀也不算十分大。我的脾氣是很好的；你還要什麼呢？

卡加　瑪德魏。我很理會得，我很感謝你……不過……我想總得等一等。

瑪德魏　還有什麼等待的呢？原先我記得你沒有說過這句話。至於講到尊敬的一層，我能夠盡力擔保，你將得着這種再好也沒有的敬禮。並且我這個人又不愛喝酒，老爺們都沒有說過一句壞話。

卡加　我實在不知道怎麽同你說……

瑪德魏　唉，你前幾天已經開始……

卡加　（臉微紅）怎麽前幾天？爲什麽前幾天？

瑪德魏　那我可不知道。……不過原先你……你已經同我辦過這件事。

卡加　（疾忙向舞臺內看望）謹愼些……那個德國人來了。

瑪德魏　這個可惡的東西！……我以後再同你談話。（向右走去。）卡加正想走進覆盆樹那邊去。莎甫從左走來，肩上持着魚竿。）

莎甫　（追着卡加）那裏去？卡加，那裏去？

卡加　（站住）分咐我檢覆盆子呢。

莎甫　覆盆子？……覆盆子是好果子。你愛喫覆盆子麽？

卡加　是，愛喫的。

莎甫　哈，哈！……我……我也愛喫。你愛的東西，我全愛。（見卡加將走）喂，卡加，稍爲等一會子.

卡加　沒有時候了……怕惹管家的罵.

莎甫　唉!不要緊我是去……（指着魚竿）這個怎麼說,捉魚,取魚,還是釣魚.你愛魚麼?

卡加　愛的.

莎甫　好,好,好,我也愛的.喂,卡加,我要同你讀一下子……現在有個德文歌唱給你聽聽:（唱將起來）Cathrinchen Cathrinchen wie lieb'ich dich so sehr!……譯成俄文就是:『喔,卡加,卡加,你那美麗的容顏,使我深深愛你.』（張着手想把卡加擁抱）

卡加　得啦,得啦,你怎麼不害羞……老爺們來了.（藏進覆盆樹去）

莎甫　（露出威嚴的容顏,輕聲說.）你這可惡的丫頭,快出來呀!

（拿達里亞和拉基金攜手自右入）

拿達里亞　（對着莎甫）啊!你去釣魚麼?

莎甫　是的.

拿達里亞　闊略在那裏?

莎甫　在麗查魏泰那裏……學習風琴……

拿達里亞　啊!(四面看望)你一人在這裏麼?

莎甫　一個人.

拿達里亞　你沒有看見白略夫麼?

莎甫　沒有.

拿達里亞　你願意我們同去麼?看一看你釣魚工夫怎樣.

莎甫　我很喜歡.

拉基金　(輕輕對拿達里亞說)你好高興啊!

拿達里亞　(對拉基金說)去罷,去罷.……(三人向右走去)

卡加　(慢慢從樹內伸出頭來)他們去了……(走出來,站在那裏,悄悄想了半天.)

那個德國人!……(歎了口氣,重又摘採覆盆子,輕輕的唱起歌:)

『不是火兒燃着，不是脂油沸着．
沸着，燃着的卻是活活潑潑的心兒．
啊！瑪德魏說的話是極有理的！（續唱）
『沸着，燃着的卻是活活潑潑的心兒
不是想念父親的心兒，也不是想念母親的心兒……
這個覆盆子好大啊！……（續唱）
『不是想念父親的心兒，也不是想念母親的心兒……
沸騰的卻是想念……』
（忽然往後邊一看；歌聲一下子便止住，藏到樹棵裏去．白略夫和萬洛慈卡從左邊進來；白略夫手裏持着條蛇．）
白略夫　（走到樹傍，對着卡加說．）卡加，你怎麼不唱了？（唱起來）
『沸騰的卻是想念美貌女郎的心兒……』

卡加　（面頩）這隻歌我們不是這般唱的．

白略夫　那末怎麼唱的呢？（卡加笑而不答）你在那裏檢查覆盆子麼？給我喫幾個．

卡加　（把筐子授給他）全拿去罷……

白略夫　不必全拿去．……萬洛慈卡，你願意喫麼？（萬洛慈卡從筐裏拿了幾個，白略夫自己也拿了些．）唔，這就夠了．（想着把筐子還給卡加）

卡加　（推開）全拿去罷，全拿去罷．

白略夫　謝謝你，不要了．（還給筐子）謝謝你．（對着萬洛慈卡）萬洛慈卡，請坐在這櫈上．那個東西（指着蛇）應該把他裝個尾巴在上面．你裝着我做．（兩人走了幾步，坐在櫈上．白略夫把蛇放在他手上）是這樣的．請拿直了．（裝起尾巴來）你怎麼啦？

萬洛慈卡　這個樣子恐怕我看不見你．

白略夫　看我作什麼呢？

萬洛慈卡　我要看你怎樣裝那尾巴．

白略夫　啊！那末就這樣辦罷．（把蛇另行安置一下）卡加，你怎麼不唱？快唱罷．（等了一會，卡加輕輕唱將起來）

萬洛慈卡　請問，你在莫斯科有時也放風箏麼？

白略夫　在莫斯科怎麼好放風箏呢！請拉住繩子．……對啦．你想着我們在莫斯科一無所事麼？

萬洛慈卡　你們在莫斯科做些什麼事情？

白略夫　怎麼？我們讀書，聽講義．

萬洛慈卡　你學些什麼東西？

白略夫　全學．

萬洛慈卡　你大概學得很好．比別人總好得多．

白略夫　不，不很好．怎麼能比別人好呢！我是很懶的．

萬洛慈卡　你爲什麼懶惰呢？

白略夫　那可不知道！大概生來就是這個樣子．

萬洛慈卡　（停頓一下）你在莫斯科有熟識朋友麼？

白略夫　有啊……唉，這根繩子不很堅實．

萬洛慈卡　你愛他們麼？

白略夫　這是當然的！……難道你還不愛你的朋友麼？

萬洛慈卡　朋友……我並沒有朋友．

白略夫　我所說的就是你的朋友．

萬洛慈卡　（慢吞吞的說）不錯．

白略夫　你不有女朋友麼？……

萬洛慈卡　有的……不過我不知道，爲什麼……我許多時候很少想到他們……連麗扎都沒有給他回信，他卻常寄信來問候我．

白略夫　怎麼說你沒有熟友……我卻有呢……

萬洛慈卡　不過你……你是另外一件事情。（停頓了一會）白略夫！

白略夫　什麼事？

萬洛慈卡　你會做詩麼？

白略夫　不會。怎麼啦？

萬洛慈卡　在我們寄宿學校內有一位姑娘能做詩。

白略夫　做得好麼？

萬洛慈卡　我也不知道好不好。可是把讀給我們聽，我們都哭了。

白略夫　爲什麼你哭呢？

萬洛慈卡　總是出於憐憫之心。我們都很憐憫他！

白略夫　你在莫斯科讀書麼？

萬洛慈卡　在莫斯科鮑魯司夫人家裏。拿達里亞去年剛叫我回來的。

白略夫　你愛拿達里亞麼？

萬洛慈卡　愛的；他這個人很好．我很愛他

白略夫　（微笑）不怕他麽？

萬洛慈卡　（也笑將起來）也有一點．

白略夫　誰把你送進寄宿學校去的呢？

萬洛慈卡　拿達里亞的生母．我就在他家裏生長．我是個沒爺娘的小孩．

白略夫　（低着眼皮）你是孤兒麽？你不記得你父母麽？

萬洛慈卡　不記得了．

白略夫　我的母親也早已死去．我們都是孤兒．有什麽法子呢！我們憂愁終是不必的．

萬洛慈卡　人家說，孤兒在一塊兒互相容易親近．

白略夫　（看他一眼）實在麽？你也以爲這樣麽？

萬洛慈卡　我想也快了．

白略夫　（笑了一下，又做起蛇來）請問我在這邊住了多少天了？

萬洛慈卡　已經住了二十八天.

白略夫　你的記性眞好啊!，唔這條蛇完功了.看看,那尾巴怎樣!應當送給闊略去!

卡加　(持着筐子走近他們面前)還要果子喫麼?

白略夫　不,謝謝你,卡加.(卡加默着聲走將開來)

萬洛慈卡　闊略在麗查魏泰那裏麼?

白略夫　也正願意在這種天氣把小孩留在屋子裏面!

萬洛慈卡　麗查魏泰祇能夠阻擾我們的事情……

白略夫　我並沒有說起他……

萬洛慈卡　(急言)闊略沒有他跟從着是不能同我們一塊兒出去的.……然而他昨天談到我們,卻極力誇獎起來.

白略夫　實在麼?

萬洛慈卡　你不大喜歡他麼?

白略夫　他啊！趁他好生去嗅着煙罷！……你爲什麼歎氣？

萬洛慈卡　（停頓了一會）啊，這天氣多淸朗啊！

白略夫　你就因此歎氣麼？（靜默一會）你不厭悶麼？

萬洛慈卡　我厭悶？！不能我自己也不知道爲什麼歎氣……我並不厭悶。不但如此……（停頓一下）我不知道……我大概不十分康健昨天我上樓去取書——在樓梯上走着，忽然坐在地板上哭將起來……誰知道他爲什麼緣故，眼淚卻下來不少……這是什麼意思？並且我還很好……

白略夫　這個由於身體發展的緣故你身體長大了．那一定有這個事的……怪不得昨天晚上你眼睛紅腫起來．

萬洛慈卡　你看得出來麼？

白略夫　當然看得出來．

萬洛慈卡　你完全看得出來麼？

白略夫　唔，不能……不能完全.

萬洛慈卡　（悄悄想了一會）白略夫……

白略夫　什麼事？

萬洛慈卡　我想問你什麼事情？我簡直忘掉了.

白略夫　你心眞散漫極了.

萬洛慈卡　不……唔，不錯！我想問你這句話你有妹妹麼？

白略夫　有的.

萬洛慈卡　你說我像他不像？

白略夫　啊，不像，你比他好得多呢.

萬洛慈卡　這怎麼能呢！你的妹子……我很願意站在他的地位上.

白略夫　怎麼？你願意現在住在我家裏麼？

萬洛慈卡　我不是這麼說.……你家房屋難道很小麼？

白略夫　很小……並不像這裏的大。

萬洛慈卡　也何必要用這許多屋子呢？

白略夫　怎麼不要用？你到時候就知道要用多少房屋。

萬洛慈卡　到時候……什麼時候呢？

白略夫　在你自己做主婦的時候，……

萬洛慈卡　你這樣想麼？

白略夫　你也快見到了！（不言語了一會）喂，我們不去找闊略麼？

萬洛慈卡　好的。（顫索起來）唉！

白略夫　怎麼回事？

萬洛慈卡　拿達里亞到這裏來了。

白略夫　在那裏？

萬洛慈卡　（頭向上一擡）就在那邊小道上同拉基金一塊走着。

白略夫　（立起身來）我們到闊略那裏去，……他功課大概已經上完了。

萬洛慈卡　快走罷……我正怕他要罵我呢。

（兩人立起身來，趕緊向着左面走去。卡加又藏在覆盆子樹後面。拿達里亞和拉基金從右邊過來。）

拿達里亞　（站住步）那不是白略夫同着萬洛慈卡一塊兒走着麼？

拉基金　是他們……

拿達里亞　他們彷彿躲避我們似的。

拉基金　也許是這樣。

拿達里亞　我看萬洛慈卡不應當同着少年男子兩人單獨在花園裏面……自然他是個孩子；但是終不大合適……我一會兒對他說去。

拉基金　他幾歲了？

拿達里亞　十七歲！他已經十七歲了！……啊，今天很熱。我累乏極了。請坐罷。（兩人坐在萬洛慈卡和白略夫坐過的櫈子上面）意格拿基走了沒有？

拉基金　走了．

拿達里亞　你竟留他不住．我不知道爲什麼這個人想做城中醫生？……他是很有趣的人．他很能逗我笑．

拉基金　我看今天連笑都沒有精神．

拿達里亞　你何以見得呢？

拉基金　因爲……

拿達里亞　因爲我今天對於所有的感觸都不喜歡的緣故麼？啊，不錯！我對你說，今天實在不能夠感動着我．——然而這個也阻不住我的笑．並且我還應當同意格拿基商量一件事情．

拉基金　什麼事情能夠讓我知道麼？

拿達里亞　不，不能．你就是我不講，也能夠知道我所想所做的事情．……這是極厭悶的事情。

拉基金　請恕我……我實在猜度不到……

拿達里亞　我願意一點小事情也隱瞞着你。

拉基金　得啦！從你的話能夠決定我全知道……

拿達里亞　（插住話）彷彿不能麼！

拉基金　你最喜歡取笑我。

拿達里亞　那末你還是不全知道我所發生的事情麼？如此說，我不賀你。怎麼？有人從早到晚監察着我……

拉基金　怎麼，責備麼？

拿達里亞　責備麼？（停頓片時）不，我現在確實看出你並不聰明。

拉基金　也許……也就因爲我從早到晚監視着你，所以現在也有所得了……

拿達里亞　關於我的事情麼？快說給我聽。

拉基金　你不對我生氣麼？

拿達里亞　啊，不能！我很要生氣，卻終是生不出來。

拉基金　你好幾天處在時常憤怒的狀態下面，你這種憤怒的狀態是勉強的，是內心的：彷彿自己同自己打戰，你彷彿狐疑滿腹。在我到克里尼差去以前還覺不出這種樣子；不久纔看出來了。（拿達里亞張起傘來）你有時候深深的歎息……正像極累乏的人一般。

拿達里亞　就依你的觀察來說，你有怎樣的決定呢？

拉基金　我？沒有甚麼……然而這個很使我不安。

拿達里亞　感謝隆情。

拉基金　並且……

拿達里亞　（忍耐不住）請你換些別的事情來談談罷。（靜默了一會）

拉基金　你今天不想往外邊去麼？

拿達里亞　不．

拉基金　爲什麽緣故天氣十分好啊．

拿達里亞　懶罷了．（靜默了一會）告訴我……你認識鮑里杏查甫麽？

拉基金　就是我們鄰人麽？

拿達里亞　是的．

拉基金　這有什麽可問的？前天我還同他在一塊兒打牌呢．

拿達里亞　他這個人怎麽樣？

拉基金　鮑里杏查甫麽？

拿達里亞　不錯，不錯，是鮑里杏查甫．

拉基金　這個問題我實在想不到！

拿達里亞　（忍不住）怎麽想不到呢？

拉基金　想不到你無端會問起鮑里杏查甫來！他是個又儍，又肥，又重的人——然而說他壞卻也不能。

拿達里亞　他並不如你所想這樣傻，這樣重。

拉基金　也許是這樣。我並沒有十分研究過這位先生。

拿達里亞　你沒有注意過他麼？

拉基金　（勉強發笑）你想些什麼……

拿達里亞　這樣罷！（又靜默起來）

拉基金　拿達里亞，你看，那深綠的橡樹植立在蔚藍的天上，多好看啊！那株樹全身沈沒在太陽光裏，那顏色多強健啊！……祇須和那株小樺樹比較一下，便越發顯出他那不可磨滅的生命和力量來。……他彷彿預備藏在光線裏面；他那小葉不住的顫索，雖然如此說，卻也是很好的。……

拿達里亞　拉基金，我早就看出這個來了。……你極細緻的感受那所謂『自然』之美，極巧妙的把他從言語裏描寫出來。……我想『自然』一定要深深感謝你那番言語的功勞；你極力取媚於『自然，』正彷彿穿着紅羅紗帽的侯爵取媚於一位姿首佳麗的鄉下姑娘一般．……就有一樁可慮的事情：我常想着那『自然』恐怕不能夠明白，看重你那溫柔的言詞，好比鄉下姑娘也不容易明白侯爵那番慇懃的意思；『自然』比較着你所設想的簡單得多，也粗魯得多，因爲他是十分健康的．……

拉基金　好一頓攻擊！……『自然』是健康的……換句話來說，我卻是有病的東西了．

拿達里亞　並不說你一個人是病體，我們兩人都也不甚健康．

拉基金　啊，我知道有種法子，想對別人說那最無禮的話，卻裝着那豫閒的神氣……他明明想朝着那人的臉直說：「你這個人傻透了」的話，卻祇含着冷笑說：「我們兩人都傻極了」

拿達里亞　你生氣了麼？得啦，不要胡說了！我說這話的意思就是：我同你兩人……這個「病」的字眼你又不喜歡用……我們兩人很衰老了．

拉基金　爲什麼衰老？我自己到沒有想到這層．

拿達里亞　唔，你聽着我話；現在我同你兩人坐在這裏……坐在這隻櫈上，卻在一刻鐘以前這裏還坐着兩個眞正的少年．

拉基金　是白略夫和萬洛慈卡麽？自然他們比我們年輕得多……還相差着許多年數．……但是我們並不因此便變成老人．

拿達里亞　我們中間也相差了許多年數．

拉基金　啊！我明白了．……你妒忌他們……妒忌他們的快樂，淸白……他們的傻事……

拿達里亞　你這般想麽？啊！你想他們是傻麽？我看你今天也是很傻的．不，你不明白我的意思．並且……你是很傻的！這有什麽要緊？智慧當他不能使人喜歡的時候，有什麽好呢！……不高興的智慧是最沈悶的了．

拉基金　唔……爲什麽你竟這般不遮不掩的直說出來呢？我不能夠使你喜歡——這是你所要說的……我這種罪人的智慧有什麽用處？不明明是使我忍受苦痛麽？

拿達里亞　你所說的全不是這樣.……（卡加從樹裏走出）卡加，你採覆盆子麼?

卡加　是的.

拿達里亞　讓我看一看……（卡加走向前來）可愛的覆盆子!十分鮮明……你的兩頰卻更鮮明.（卡加笑着低下頭去）唔，去罷.（卡加去）

拉基金　這個在你看起來實是青年了.

拿達里亞　自然的.（站立起來）

拉基金　你往那裏去?

拿達里亞　第一件，我要看一看萬洛慈卡做些什麼事情.……這時候他一定在家……第二件，我很不喜歡我們這種談話.最好你暫時停止你那關於自然和青春的議論.

拉基金　你大概喜歡一個人遊逛麼?

拿達里亞　實在說，不錯，我們等一會兒再可相見.……不過我們以朋友相終始麼?（攜拉基金的手）

拉基金　（立起來）還行呢！（兩人握着手）

拿達里亞　再見罷！（張開洋傘，向左走去了。）

拉基金　（踱步走了幾遍）他怎麼啦？（靜默了一會）多放恣啊！以前我一點也看不出來。並且我還找不到像他這樣善於交際的婦人什麼緣故呢？……（走了幾步，忽然止住。）啊，一個人腦筋裏橫着一樁意思，生活裏一個目的，一件事務，那末這個人多好笑啊！……譬如拿我來說。他說得很對：從早到晚監察細小的事情，自己卻也成了個細小的人。……實在是這個樣子；然而我沒有他又活不了，他在我傍邊的時候我覺得十分有幸；這種情感不能夠叫做幸福；我完全歸屬於他，和他離別正彷彿和生命離別一般。他怎麼啦！他那種內心恐怖的樣子和帶着諷刺的言詞究竟是什麼意思呢？他不厭惡我麼？（坐下）我自己決不會欺哄自己；我很知道他極愛我；然而我希望這種安靜的情感能夠永存着不滅……我很希望！難道我敢笑他麼？實在我的地位是很可笑的。……並且是很低卑的。（靜默了一會）然而這些話有什麼用處呢？他是個體面的婦人，我決捕不住他。（苦笑）正可惜啊！（立起身來）得啦！腦子裏怎麼會生出這些誕妄的思想！（走起來）今天天氣眞好啊！（靜默了一會）他毒得我很巧極了……他很聰明，在心地不安寧的時候更是如此。怎麼忽然會崇拜「單簡」和「淸白」呢？……這個俄國人……他常同我提起那人。實在我也看不出他這個人有什麼特別的地方，不過是個學生罷了。難道拿達里亞……也許是這樣！他心地極不安寧……自己也不知道他所願意做到的事情，卻想抓傷我。小孩子打他的保姆……這個比喻正巧妙啊！然而也不必阻擋着他。祇須這種不安寧的毛病一過去，他自己也必首先笑這青春少年是並無意味的了……我這種講解固然不錯，卻不知道對不對？上帝知道，且看着罷！唉，我在自己和自己惡戲以後，屢次要忽然否認各種設想，背着手彷彿等着什麼似的。現在我又要不合適並且憂愁了……（四面一看）啊！那個不是所謂眞正的青年麼？……剛巧他來了。……我同他還一次也沒有深談過。且看看他這爲人怎樣？（白略夫從左入）喂！你是出來到空地上去散步的麼？

白略夫　是的．

拉基金　今天空氣不很新鮮熱得很，然而在這菩提樹蔭底下卻很合宜．（靜默了一會）

你見着拿達里亞麼？

白略夫　我剛纔見着他了……他正同萬洛慈卡回家去了．

拉基金　半點鐘以前，我好像看見你同萬洛慈卡坐在這裏．

白略夫　是的，……我同他遊逛呢．

拉基金　啊！（拉着他的手）你極喜歡鄉村的生活麼？

白略夫　我很愛鄉村．就有一樣壞處：這裏不很容易打獵．

拉基金　你是獵人麼？

白略夫　是的，……你呢？

拉基金　我？我不是；我不很會射箭．我十分懶惰．

白略夫　我也很懶惰……卻不懶着行路．

拉基金　啊！你也懶着念書麼？

白略夫　不，我極愛念書。我懶着多做工；如果要我研究同一事物，便更要懶了。

拉基金　（笑起來）譬如同婦女們談話，你懶不懶呢？

白略夫　啊！你眞取笑我……我是最怕婦女的。

拉基金　（驚擾起來）你想着這是我有心來笑你麼？

白略夫　這有什麼關係！（靜默一會）請問，這邊能有火藥買麼？

拉基金　我想城裏頭有的；那邊用着罌粟的名字出賣這東西。你要好的火藥麼？

白略夫　不；螺旋火藥也就成了。我並不用來射放，卻想用來做幾個焰火來放放。

拉基金　啊！你還會……

白略夫　會的。我已經找到了地點：就在池湖後面。我聽說過一星期便是拿達里亞的命名日；這是很巧的了。

拉基金　你這樣關心這件事情，拿達里亞心裏一定很高興……他是很喜歡你的。

白略夫　這個我十分覺得榮幸……啊，大概你也快收到雜誌了．能夠借給我看一看麼？

拉基金　很好……那裏面載着極好的詩．

白略夫　我到不喜歡看詩．

拉基金　爲什麼？

白略夫　因爲發笑的詩我覺得太吸引人，並且少得很；至於情感的詩……我不知道他可信不可信．

拉基金　你喜歡看小說麼？

白略夫　好小說我是極喜歡的……然而批評的文章我不很願意讀．

拉基金　怎麼？

白略夫　溫暖的人寫着這些……

拉基金　你自己不研究文學麼？

白略夫　不研究！上帝既沒有給我們天才，叫人寫些什麼東西？也不過惹人笑話罷了．卻還有種奇怪的事情有些聰明人一拿起筆來便不知道他寫些什麼.

拉基金　你須知許多青年人也具着健全思想同你一般.

白略夫　十分感謝你誇獎我的意思（靜默一會）我所以在池湖後面挑選放焰火地方的緣故，因爲我會做燃在水面上的羅馬燈燭……

拉基金　大概這一定是好看的……請問，你知道法國話麼?

白略夫　不知道.我能夠翻譯波爾德郭克所著的『孟費美乳鋪之女』一本小說，得着五十盧布的酬金；我卻一句法文都不懂.你想；我能把 "Quatre-vingt-dix"（法文之「九十」）這個字譯成『四——二十——十』……可是爲生活所逼迫，也沒有法子；我很懊悔當時何不好生研究法文.也衹爲着懶惰罷了.

拉基金　不懂法文也沒有多大關係……

白略夫　現在幾點鐘了?

拉基金　（看錶）一點半鐘.

白略夫　麗查魏泰爲什麼把闊略留着教授功課到這個時候……他現在大概死也要逃走了。

拉基金　那也須用心學習啊！……

白略夫　（歎氣）這種話也不該你說的，也不該我聽的……固然許多人並不能全像我這般淘氣。

拉基金　唔，得啦！……

白略夫　對於這個我已經知道了。

拉基金　我也知道，你所喜歡的是「自由，」是「不壓迫；」這固然是你的毛病，不過終也有人對你這種態度表同情的。

白略夫　譬如說，誰呢？

拉基金　就是拿達里亞罷了。

白略夫　拿達里亞麼同着他我並不覺得有什麼自由。

拉基金　啊！實在麽？

白略夫　難道教育不是人類第一件事情麽？你說起來很容易。……我簡直不明白你的意思……（忽然止住話）什麽？彷彿有隻陸地野雞在花園內叫呢。（想着走去）

拉基金　也許是的。……你往那裏去？

白略夫　拿槍去。（向左走進舞臺；拿達里亞出來迎上他。）

拿達里亞　（看着他，忽然笑起來。）你往那裏去，白略夫？

白略夫　我……

拉基金　拿槍去……他聽見園內野雞的叫聲。……

拿達里亞　在園內請不要放槍……讓這可憐的鳥兒多活一會子。……並且恐怕要因此驚嚇着婆婆。

白略夫　喳。

拿達里亞　（笑起來）唉，白略夫，你怎麽這般不害羞？『喳』——這是什麽話？怎麽能……這般說？且住，我同拉基金極願意關心你的教育……是，是……我已經同他屢次談到你的事情。……我預先警告你一聲：將要有判決書下來了。你不喜歡我關心你的教育麼？

白略夫　請罷。我……

拿達里亞　第一樣——決不要謙遜，這個於你是沒有用處的。不錯，我們要盡力做這件事情。（指着拉基金）我們已經成了老人，你卻在青春時候……不對麼？你看，這種事情很巧。你盡力闊略的教育——我卻要盡力於你的教育。

白略夫　我很感謝你。

拿達里亞　得啦！你在這裏同拉基金講些什麼事情？

拉基金　（笑起來）他告訴我，他一點也不懂法文，卻能夠翻譯法文書。

拿達里亞　啊！那末我們教給你法文。還有一件事：你那條蛇怎麼辦呢？

白略夫　我把牠拿到家裏去了。我覺得你彷彿不很願意似的。

拿達里亞　那個你怎麼見得呢？就因爲我把萬洛慈卡帶回家去的緣故麼？不好，你這是錯了。（高興的態度）並且你知道不知道？現在闊略大概已經完畢自己的功課。你不願意去帶闊略，萬洛慈卡和那條蛇兒來麼？我們一塊兒都到草場上去。好不好？

白略夫　很好。

拿達里亞　好，好，快去罷。（伸出手來）請握着我的手；你心裏多不合適啊！快去罷！（兩人向左跑去）

拉基金（目送他們走）好活潑……好高興……我永遠沒有在他臉上見過這樣的顏色。好迅速的變態啊！（靜默一會）婦女是常變的……然而我……我今天實在是不能夠適合他意思的了。這是很顯明的。（靜默一會）怎麼看着後文罷。（慢慢說）難道是……（搖手）也許不能麼！……可是這種笑容，這種溫和明亮的眼神……（四面一看）唉，命運眞壞啊！（意格拿基同着鮑里杳查甫從左入。拉基金迎將上去。）先生們，好啊！……意格拿基，我實在想不到今天你能來。……（握他的手）

意格拿基　我自己也是想不到……我到他家裏去，（指着鮑里杏查甫）他卻已經坐在車上，直向這邊來。我也便轉過車轅，同着他回轉來了。

拉基金　來得好啊。

鮑里杏查甫　我實在預備……

意格拿基　（插斷他話）聽着說許多人都在花園裏……客室裏實在一個人也沒有。

……

拉基金　難道你沒有遇見拿達里亞麼？

意格拿基　什麼時候呢？

拉基金　就在卽刻。

意格拿基　不。我們並不一直從屋裏到這邊來。鮑里杏查甫想着在燕麥裏看看有沒有蘑菇？

鮑里杏查甫　（疑惑的神氣）我……

意格拿基　我們知道你極愛這個樺林．拿達里亞回家去了麼？怎麼？我們可以回去了．

鮑里杏查甫　自然是的．

拉基金　他回家去喚人遊逛……他們大概打算放蛇風箏呢．

意格拿基　啊，妙極了！在這種天氣實在應當遊玩．

拉基金　你們可以留在這裏……我去對他說你們來了．

意格拿基　這樣實在吵得你不安寧．

拉基金　不……就是沒有你們來，我也要去的……

意格拿基　啊！這樣說，我們不留住你了……還是不講禮節的好．

拉基金　再見罷．（向左出去）

意格拿基　再見罷！（對着鮑里杏查甫說）喂，鮑里杏查甫……

鮑里杏查甫　（插斷他話）你看着那蔴菇怎麼樣……我很奇怪怎麼有這樣的蔴菇？

意格拿基　你這個人未免太爲膽小，簡直的不願意做事情，儘間到傍事上去．

鮑里杏查甫　他終算是蘑菇，不過我不知道，也許錯誤了……

意格拿基　實在錯了．你不如好生想一想自己事情現在我已經同你到這裏來了……已經依你的事情辦好．留心！着臉上不要沾着汚泥啊．

鮑里杏查甫　意格拿基，你……你已經對我說，就是……我很願意切實的知道怎樣的回答……

意格拿基　鮑里杏查甫，你須知從這裏離你那村莊有十五餘俄里的路程；你每一里間至少有三次請我回答這種同樣的問題．……難道這個你還不夠麼？現在我祇能對你再說一遍．拿達里亞對我說：『我……』

鮑里杏查甫　（點頭）對了，對了．

意格拿基　（憂愁的狀態）對了……唔，『對了，』怎麼啦？我一句話還沒曾對你說過呢．……他說：『我不很認識鮑里杏查甫，可是我覺得他終是個好人；再一說，我極不願意對於萬洛慈卡施什麼壓迫的手段；所以讓他到我們家裏來，如果他伺候……』

鮑里杏查甫　伺候麼他說伺候麼？

意格拿基　『如果他伺候得能夠成功，那末我同安娜兩人是不會妨礙……』

鮑里杏查甫　『不會妨礙』麼？麼他是這樣的麼？不會妨礙麼？

意格拿基　是，是是你這個人眞奇怪！『不要妨礙他們的幸福。』

鮑里杏查甫　唔……

意格拿基　請你注意，現在有個問題在此……現在你應當使萬洛慈卡自己相信同你結婚，於他是極有幸福的；你應當爭得你在他身上的地位。……

鮑里杏查甫　是，是是實在是這樣；我贊同你的意思。

意格拿基　你既然一定要我帶你到這裏來。……那末看看你要怎樣辦。

鮑里杏查甫　怎樣辦？是，是是應當辦，應當爭得這個地位。就是有一樣，……你是我的好朋友，不妨直說，……我有一個毛病：我願意你今天帶我到這裏來。……

鮑里杏查甫　不是願意，卻是要求，強項的要求。

鮑里杏查甫　是，……我贊同你的意思。實在我在家中已經什麼都預備齊楚，但是到了現在未免又膽怯起來了。

意格拿基　爲什麼膽怯呢？

鮑里杏查甫　實在膽怯。

意格拿基　什麼？

鮑里杏查甫　實在膽怯得很。我老老實實對你說，因爲我們……

意格拿基　（插斷他話）『因爲我們是好朋友，』……知道了知道了，……下邊呢？

鮑里杏查甫　實在，我很贊同你的意思。我老實對你說，我……我同着婦女很少發生關係；我誠誠懇懇的對你說，我竟想不出來怎樣同婦人談話——還要單獨着……更同姑娘尤其這樣。

意格拿基　你的話眞使我驚奇得很。我眞不知道怎麼你竟不會同婦女們單獨着說話。

鮑里杏查甫　我……我怎麼及得到你呢？因爲這個緣故，我所以願意同你先行商量一下．人家說這種事情起初就應當小心謹愼纔好，所以我請你教給我那入手談話的方法，或者你預先給我傳達一聲，讓我好去說．那時候我一個人就能單獨擔任了．

意格拿基　預先叫我怎麼能去傳話，不過我還可以把入手談話的方法教授給你．

鮑里杳查甫　快請說罷……至於論到我的感謝……你知道……

意格拿基　得啦，得啦！難道我是同你交賣買麼？

鮑里杳查甫　（低聲）關於那輛馬車的事情，請你放心．

意格拿基　得啦！鮑里杳查甫……你這個人實在嫻長於各方面的交際．（鮑里杳查甫輕輕鞠躬）你是個脾氣極好的人……

鮑里杳查甫　啊，你太虛獎了！

意格拿基　並且你不還有三百個『靈』麼？

鮑里杳查甫　有三百二十個．

意格拿基　不是已經典押出去的麼．

鮑里杳查甫　我連一哥幣的債都沒有.

意格拿基　你看我對你說你是個脾氣極好的人,隨便那裏你都能得着妻子.不過你剛纔自己說你同婦女很少關係.

鮑里杳查甫　(歎氣)是的,我簡直沒曾同女界交接過.

意格拿基　(歎氣)你看這個在丈夫方面並不是毛病,但是在第一次談情的時候,總須要會說纔行.……不對麼?

鮑里杳查甫　我十分贊同你的意思.

意格拿基　如果你總是這樣吞吞吐吐的,恐怕萬洛慈卡以爲你是個身體不健康的人.不過你的臉容雖然在各種交際上是極其出色的,但是你那個眼神卻應該流利活動些,這個是最要緊的事情.

鮑里杳查甫　(歎氣)這個是最要緊的.

意格拿基　姑娘們都喜歡這個樣子.並且你也不必說些十分動聽的話.這個方法是很

壞的．因爲你還有別個比較又堅固又有希望的方法，就是你那極好的性質和三百二十個『靈』．我如果處你的位置上，一定要對萬洛慈卡說……

鮑里杳査甫　單獨着說麼？

意格拿基　自然是單獨着的！我說：『萬洛慈卡！』（鮑里杳査甫跟着微動那嘴唇，彷彿在那裏輕輕重復意格拿基所說的話）『我很愛你，求你能夠下允．我這個人是極慈善，極隨便，極和平，極不艱窘的；你同着我可以得着充分的自由；我一定盡力來求得你的滿足．請你考査我一下，對我稍微注意一下，隨便那個時候請你給我一個回話．我將靜心等候着……』

鮑里杳査甫　（大聲重復末一句話）我將靜心等候着！……是，是；我極贊同你的意思．就是有一樣：你用那『和平』這個字……說我這個人是和平的……

意格拿基　怎麼，難道你不是和平的人麼？

鮑里杳査甫　是，是；……但是我以爲……不太恭維自己了麼？不如說，譬如……

意格拿基　譬如什麽?

鮑里杏查甫　譬如……譬如……(靜默一會)不過也可以說『和平』的.

意格拿基　唉,你聽着我的話:你說話越平常越沒有什麽虛飾事情便越辦得好,這是實在的情形.最要緊的決不太固執了.萬洛慈卡年紀還輕;你能夠驚嚇着他……給他些時候,讓他好生想一想你求婚的事情.還有一件事情幾乎給忘掉了;你不是願意我教給你一些方法麽?……你說話的時候常喜歡說些生僻的字眼;以後總是多用通俗的字眼爲妙.花言巧語也不可多說;如能這樣,我定能保證這件事情的成功.(四面一看)啊,巧得很,大家全來了.(鮑里杏查甫打算避開)你往那裏去?又去採蔴菇麽?(鮑里杏查甫笑了笑,臉兒不由得紅將上來,便站住了.)最要緊的事情——決不可害怕!

鮑里杏查甫　(急說)萬洛慈卡不還一點也不知道這事麽?

意格拿基　還不知道!

鮑里杏查甫　然而我希望你……(拿達里亞萬洛慈卡,闊略,白略夫手裏拿着條蛇自左入；拉基金和麗查魏泰跟在後面拿達里亞臉色極其安寧。）

拿達里亞　（對着意格拿基和鮑里杏查甫說）先生們，都好啊；意格拿基，我想不到你今天會到這裏來，可是我極歡迎你能來。鮑里杏查甫先生，好啊！（鮑里杏查甫匆匆忙忙的鞠了一躬）

意格拿基　（指着鮑里杏查甫，對拿達里亞說，）這位先生一定要我帶他到這裏來呢。……

拿達里亞　（笑容）我很感謝他。……不過爲什麼你還要人家請你來纔來呢？

意格拿基　不過……我僅祇今天早晨……從這裏……回去……

拿達里亞　啊！你這交際大家，也糊塗了！

意格拿基　我很喜歡看見你今天這種高興的神氣。

拿達里亞　你看出我是這樣高興麼？難道我不常這般高興麼？

意格拿基　唔……然而……

拿達里亞　你這交際大家你又糊塗了！

闊略　（總在白略夫和萬洛慈卡兩人身傍周旋着）媽媽，我們什麽時候放那條蛇呢？

拿達里亞　隨便你在什麽時候……白略夫和萬洛慈卡你們兩人先到草場上去……（對着其餘人說）你們諸位我想決不喜歡做這件事情麗查魏泰和拉基金，我請你們兩位招待鮑里杏查甫先生。

拉基金　爲什麽我們不喜歡做這件事情呢？

拿達里亞　你們是聰明人……你們看來這是淘氣事情……我們卻並不阻止你們跟在後邊……（對着萬洛慈卡和白略夫說）我們去罷。（他們三人就同着闊略向右走去）

意格拿基　（看着拉基金露出驚奇的態度，——對鮑里杏查甫說）請你用手扶着麗查魏泰。

鮑里杏查甫　（急說）我很願意……（執着麗查魏泰的手）

意格拿基　（對着拉基金說）我們同你一塊兒走。（執着他手）你看他們在甬道上奔跑着。我們雖然是聰明人，也去看看他們放蛇去。……鮑里杏査甫，不能在我們前邊走麼？

鮑里杏査甫　（跟着麗査魏泰走）今天的天氣可以說是極好的了。

麗査魏泰　啊，不錯。

意格拿基　（對拉基金說）我要同你談一件事情。……（拉基金忽地笑起來）做什麼你笑？

拉基金　沒有什麼。……我笑我們竟變成了後衞兵了。

意格拿基　你知道前衞兵很容易變成後衞兵。……什麼事情都變化得很快。（大家向右走去）

第三幕

佈景和第一幕相同.拉基金同着意格拿基從門裏走進大廳.

意格拿基　拉基金,請你幫助我一下罷.

拉基金　我用什麼來幫助你呢?

意格拿基　怎麼是什麼?請你憐憫我一遭罷.這種事情固然於我沒有多大關係;我辦這件事情大半出於逢迎他人的意思……我那慈善的心已經夠使我受苦了!

拉基金　(笑起來)受苦的話,離你還遠着呢.

意格拿基　(也笑起來)這個還不知道,不過我的地位是很不合適的.我順着拿達里亞的意思把鮑里杏查甫帶來,也得着他的允許,纔敢傳給他回話;現在卻一方面抱怨我,彷彿我做了這件傻事,鮑里杏查甫方面又不給我片刻的安寧,也祇好躲開他……

拉基金　誰教你你自己願意做這件事情.鮑里杏查甫在我們中間簡直是個傻子罷了.

意格拿基　你說得眞好你說我一手包辦這件事情……其實並不是這個樣子.這件事情是這樣的朋友請我替他說句話……怎麽?難道我還能夠推辭麽?我是個好人:不懂得什麽是推辭.我奉行了友人的委託;人家也不過對你說:『謝謝你這般盡力.』……現在卻忽地埋怨我起來.其實我有什麽錯處呢?

拉基金　誰說過你是錯的.……就有一件事情使我覺着奇怪:爲什麽你這般關心呢?

意格拿基　爲什麽……爲什麽……人家並不給我一點舒服.

拉基金　唔,唔得啦……

意格拿基　並且他是我的老朋友.

拉基金　(微笑)是麽?唔,這是別件事情了.

意格拿基　(也笑起來)不過我對你也不必施什麽奸滑.……也不來騙你.他答應給我……我那匹馬腿折了,所以他答應我……

拉基金　另外送給你一匹馬麽?

意格拿基　不是，卻是一輛馬車.

拉基金　你何不早說呢！

意格拿基　請你不要想錯了……如果我不認鮑里杏查甫爲極誠潔的人，我也決不答應來做這件事情的媒介，因爲這個大和我的脾氣相反……（拉基金微笑着）但是現在我也祇要人家直捷了當的回答一個字——是或否？

拉基金　難道事情已經到了這個地步麼？

意格拿基　你想的是甚麼？……這個話並不關於婚事，卻不過是允許旅行，居住的問題.

……

拉基金　那末誰還能阻擋呢？

意格拿基　甚麼是阻擋！鮑里杏查甫是個膽小的人，未曾開展的魂靈.他……不大希望着自己，還須從中鼓勵他幾下.但是他的主意卻是極善好的.

拉基金　那馬也很好.

意格拿基　馬倒是很好.（開了點煙，把煙盒授給拉基金.）你不要麼?

拉基金　謝謝你，不要.

意格拿基　實在，我並不來騙你.並且這件事情也明顯得如在掌上一般.人是極規正的，又很和平……合適就很好.不合適那也沒有什麼關係.

拉基金　這是很好的；但是我卻不知道能夠做些什麼事，

意格拿基　先生，難道我們還不知道拿達里亞極敬重你，極聽從你的話麼?……總要請你（從旁邊擁抱他）善爲進言纔好.

拉基金　你想着這人是萬洛慈卡的好丈夫麼?

意格拿基　（變成嚴厲的態度）這個是我敢斷言的……你如果不信，你往後看着罷.因爲夫婦間最要緊的事情你也知道是堅硬的性質。鮑里杳查甫卻具着非常堅硬的性質!（四面看）那邊彷彿拿達里亞走過來了……老爺，父親，大恩大德的人!請你幫幫我的忙罷!

拉基金　（微笑）唔，好，好。……

意格拿基　看着我盼望着你呢。……（往廳內走去）

拉基金　（目送他走）這個醫生眞陰險極了！萬洛慈卡……和鮑里杳甫！不過怎麼呢？這種婚姻一定是壞的。我且加入在裏頭；事情成敗，——那就不是我的事情了！（回過身來；拿達里亞從客廳內入，看見他，便站住了。）

拿達里亞　（遲疑的神氣）這是……你……我想你在園內。……

拉基金　你彷彿有點不舒服。……

拿達里亞　（截斷他話）不，什麼不舒服，（走到臺前來）你一個人在這裏麼？

拉基金　意格拿基剛從這邊走開。

拿達里亞　（皺眉）啊！就是那個醫生！……他對你說什麼話？他怎麼老到這裏來亂轉？

拉基金　這個醫生今天在你家裏不懷着好意。……大概昨天。……

拿達里亞　他眞可笑；簡直是鬧玩笑；他儘管些不干自己的事情。……這是很不好的。

……並且他做出那種低卑的樣子，實在惡毒得很……他眞是個大奸巨猾.

拉基金　（走向他身邊）你昨天並不是這般對付他的……

拿達里亞　也許是這樣（活潑的態度）那末他對你說什麼話？

拉基金　他對我說鮑里杏查甫的事情.

拿達里亞　啊？就說那愚人的事情麽？

拉基金　對於他的事情，你昨天不是這般說的.

拿達里亞　（勉強笑出來）昨天——並不是今天.

拉基金　對於各種人可以說……卻顯見得並不是對於我.

拿達里亞　（低頭）這是什麽意思呢？

拉基金　對於我今天眞和昨天一樣.

拿達里亞　（拉他的手）我明白你的抱怨話，但是你弄錯了.昨天我並不能承認我在你面前是錯誤的……（拉基金想着阻止他）不要反對我……我所要說的話，我知道，你也知道……然而今天我是承認這個的．我今天想了許多事情……（低聲）我誰都不愛，卻祇愛你……（不言語了半天）你不信我這句話麼？

拉基金　我很信你……但是你今天彷彿極悲傷……你怎麼啦？

拿達里亞　（不聽他話，祇管說下去）我僅祇信一件事情：怎麼樣都不能夠自己負責，自己保證．我們時常不了解自己過去的事情……我們怎麼還能爲着將來負責呢！將來的事情我們且不必管他．

拉基金　這個話很對．

拿達里亞　我開誠佈公的對你說：也許我有一點惱你……但是我知道我的隱密事更足以使你惱怒．實在說起來，這個年輕學生……白略夫很能使我發生極強烈的印感．

……

拉基金　（輕言）這個我很知道．

拿達里亞　啊！你覺得出來麼？早就覺得出來麼？

拉基金　就從昨天起的．

拿達里亞　啊！

拉基金　前天我就對你說過你態度已經變更……我那時候還不知道怎樣變更的．但是昨天在我們談話以後……在那草場上……也許你自己能够覺得出來啊！我竟不認識你．你彷彿已經成了別一個人．你笑着，你跳着，你跑着，和小姑娘一般；你的眼睛活潑有神，你的兩頰紅得可愛，你不住的用眼睛瞟他，露出快樂好奇的神氣，你不住露着笑臉．……（看他一眼）你看，現在你的臉色因為迴憶起來，所以這般活潑．……（背過身去）

拿達里亞　拉基金，你不要背着我．……為什麼這般嘮嘮叨叨的？這個人使我喜歡，祇因為他年紀很輕．我自己終不年輕，從兒童時到現在……你很知道我的生活……這種印象雖然來得很快，我知道去得也必很快．……這種事情簡直的不必去提他．（不言語了一會）終請你不要背過身去．不要扯開你的手．……請你幫助我．……

拉基金　（輕聲）幫助你……好厲害的話！（大聲）你自己也不知道你自己做些什麼事情．你信這種事情不必去提他，所以求我幫助……可見你覺得幫助是很需要的了！

拿達里亞　是的．……我用知己朋友的態度來對待你．

拉基金　（憂態）是……我準備實行你的付託……但須讓我稍爲聚一聚神．

拿達里亞　聚一聚神麼？難道有什麼不如意的事情使你失神麼？難道有什麼變動麼？

拉基金　（憂態）啊，沒有！什麼事情全都照常．

拿達里亞　你怎樣想？難道你能夠設想……

拉基金　我並沒有什麼設想．

拿達里亞　難道你輕視到這種地步了麼？……

拉基金　不用說啦？不如談一談鮑里杏查甫的事情罷．醫生正等着萬洛慈卡親事的回話．

拿達里亞　（憂態）你惱我呢．

拉基金　我惱你？不，我祇是憐惜你．

拿達里亞　實在這是很可憂愁的事情．拉基金，怎麼你不害羞．……（拉基金不發一言．拿達里亞聳着肩，憂憂愁愁的說話．）你不說醫生等着回話麼？那可誰要請他干預這些事情的？

拉基金　他對我說你自己……

拿達里亞　（截斷他話）也許這樣，也許這樣．……但是我並沒曾說得定準．……並且我還能够變更我的定意．這件事情多糟糕啊！意格拿基什麼事情全要管一管，從他的職業上看起來，不見得件件事情都能辦得妥協．

拉基金　他僅祇要知道怎樣的回答．……

拿達里亞　怎樣的回答．……（不言語）拉基金，得啦，請把手兒遞給我．……爲什麼做出這種冷淡的眼神，牽強的恭敬？……我有什麼錯處？請你想一想，難道這是我的錯處麼？我來是希望聽你的好教訓，我心裏一時一刻也不搖動，我並不想隱瞞你，但是你……我看我竟白白的對你開誠布公……你腦筋也決沒有想到這一層。你並沒有什麼疑惑，你簡直的騙我。我現在你又不知道在那裏想些什麼心事。

拉基金　我？我沒有什麼……

拿達里亞　請把你手交給我……（他一點也不動；拿達里亞有點怒意，不由得說道）你決定不理我麼？你到底是什麼意思？然而我也不來責備你。……（憂態）你惱怒了！

拉基金　我怎麼敢惱怒……你怎麼啦？

拿達里亞　（不言語了一會）隨便你說罷。至於講到鮑里杳查甫的事情，我還沒有同萬洛慈卡提過。

拉基金　我可以立刻叫他到你這裏來。

拿達里亞　爲什麼立刻呢？……不過也隨便你罷。

拉基金　（向客室門那裏走去）就讓他來麼？

拿達里亞　拉基金，後來再講，……你剛纔對我說我很憐憫你……你眞憐憫我麼？難道說……

拉基金　（冷態）請他來麼？

拿達里亞　（憂態）好罷。（拉基金走入客室。拿達里亞站在那裏，許久不動，坐在椅上，從桌上取下一本書，打開來放在膝蓋上面）這是什麼意思？！他……他！……我還極有希望於他。可是阿爾卡其呢？！，唉我的上帝！提起他來，我也管不到許多了！（伸腰）我看現在已到了捨去一切的時候……（萬洛慈卡從客室內入）是……到時候了！

萬洛慈卡　（膽怯的樣子）你叫我來麼？

拿達里亞　（急向四面一看）啊！萬洛慈卡！，是我叫你來的。

萬洛慈卡　（走向他身邊去）你健康着麼？

拿達里亞　我健着。怎麼啦？

萬洛慈卡　我以爲……

拿達里亞　不，我覺得有點熱……也不要緊的坐着罷。（萬洛慈卡坐下）萬洛慈卡，你現在不一點事情也沒有麼？

萬洛慈卡　沒有事。

拿達里亞　我叫你來，因爲我有一點事情要同你商量……切切實實的商量我的寶貝，你現在是個小孩；但是你已經十七歲了；你很聰明……你現在應當想一想你自己將來的事情。你知道我愛你如女兒一般；我的家將永久成爲你的家……但是你在別人眼睛裏看起來，總是個孤兒；你並不有錢。你永遠住在別人家裏，人家要討厭你，你不願意做家中的主婦，完全的主婦麼？

萬洛慈卡　（慢慢說）我不明白你的意思。

拿達里亞　有人在我那裏給你說親。（萬洛慈卡驚愕得很，看着拿達里亞。）你萬想不到這件事情；就是我也很覺得奇怪。你年紀還很輕……我不能對你說我一點也不打算強迫你……據我的意思；你出嫁的時候還早；我不過是對你提一聲……（萬洛慈卡忽然用手掩着腦）萬洛慈卡……怎麼啦？你哭了麼？（握他的手）你全身這般顫索？……難道你怕我麼？

萬洛慈卡　拿達里亞，我在你的權力底下……

拿達里亞　（把萬洛慈卡掩臉的手奪開）萬洛慈卡，你哭着怎麼不害羞？你怎麼可以說你在我的權力底下？你認我做什麼人？我對你說話，彷彿同女兒一般，但是你……（萬洛慈卡吻他的手）啊？你在我權力底下麼？那末請你立刻笑一聲出來……這是我吩咐你的……（萬洛慈卡笑了一下）這就對啦！（拿達里亞一手抱着他，拉到自己身邊來）萬洛慈卡，我的孩子，你看我須要看作你的親母一般，或者說我是你的大姊。我們兩人且談一談說些奇怪的事情……你願意麼？

萬洛慈卡　我很願意。

拿達里亞　那末請聽着……坐近一點罷。第一件事情，你既看着我如同姊妹行一般，那末你一定要相信你現在住的就是自己的家；你應當用這種眼光來看我們的家庭，決不可心裏想着說自己在世上處在他人手腕之下，並且人家想着離開你……你聽見麼？譬如在一天極佳妙的日子你的姊姊過來對你說：『你聽着，萬洛慈卡，人家要給你定婚了……』那時候你怎樣回答他？你年紀不還極輕，不還想不到婚姻這件事情麼？

萬洛慈卡　是的。

拿達里亞　請你不要對我說：『是的。』難道你對着姊姊也恭恭敬敬的說『是的』麼？

萬洛慈卡　（含笑）唔……是啊。

拿達里亞　你的姊姊極和你表同意，願意辭卻這求婚的人，這件事情也就完了。但是如果那求婚的是個好人，富有財產，並且如果他極願意等候着，祇請求允許他不時來見你，希望你後來能夠喜歡他……

萬洛慈卡　這個求婚的人是誰？

拿達里亞　啊！你喜歡知道麼？你猜得到麼？

萬洛慈卡　那個我可猜不到。

拿達里亞　你今天已經見過他了……（萬洛慈卡臉紅起來）他實在並不十分體面，並且年紀也不很輕了……那就是鮑里杏查甫。

萬洛慈卡　是阿芳拿西意溫諾菲麼？

拿達里亞　是。

萬洛慈卡　（看着拿達里亞好半天，忽然笑將起來。）你不鬧玩笑麼？

拿達里亞　並不是鬧玩笑……我看着鮑里杏查甫恐怕要達不到目的了。如果你聽着他的名字哭將起來，那末他還有些須希望，可是你卻笑將起來。

萬洛慈卡　請你恕我。……我實在想不到有這件事情……難道他這樣年紀還要娶親麼？

拿達里亞　你以爲怎麼樣！他至多四十歲啦？他決沒有五十歲。他正當娶親的時候。

萬洛慈卡　也許是這樣；但是他那副奇怪的臉面。

拿達里亞　唔，我們也不必提起他了。他已經死去，已經埋在地下……隨他去罷！這是很明白的．像你這般年紀的姑娘決不會喜歡上鮑里杏查甫．……你們全願意憑着愛情嫁人，卻不願意按着判斷力，你說對不對？

萬洛慈卡　是拿達里亞，難道你的出嫁並不憑着愛情麼？

拿達里亞　（不說話了一會）自然是憑着愛情的．（又靜默了半天．握着萬洛慈卡的手）是，萬洛慈卡……我現在莫要叫你做姑娘，但是凡是姑娘，說的話都是很有理的．（萬洛慈卡低下頭來）這件事情已經解決下來，就是拒絕鮑里杏查甫的請求．實在說，無論他這個人怎麼好法，我終也不願意他那又皺又老的臉和你那嫩紅鮮白的臉合在一塊兒．你現在不看見你是白白的怕我了麼？這件事情解決得多快啊！……（鄭重嚴厲的態度）你看我實在彷彿我是你的恩人一般！你知道我很厭聽這種話．……

萬洛慈卡　（抱着他）拿達里亞，請你饒恕了我罷．

拿達里亞　那就是了．你還怕我麼？

萬洛慈卡　不怕．我很愛你；我並不怕你．

拿達里亞　唔，謝謝你．這樣說，你現在已成了好朋友，彼此都是開誠布公的了．那末現在我要問你：萬洛慈卡，你輕輕對我說，你不願意嫁給鮑里杳査甫祇因爲他比你年紀大得多．並且因爲他面貌醜陋的緣故麼？

萬慈洛卡　難道這個還不够麼？

拿達里亞　我並不同你拌嘴．……不過我要問你還有沒有別個原因？

萬洛慈卡　並沒有別種原因了．

拿達里亞　實在麼？這樣說，我要勸你再仔細想一想．我固然也知道鮑里杳査甫這樣的人實在是很難使人愛戀的，但是他終是個好人，如果你已經愛上別人，那就是另一件事情了．然而你的心到現在不還靜默着麼？

萬洛慈卡　（膽小的樣子）怎麼？

拿達里亞　你不還別無所愛麼？

萬洛慈卡　我愛你……愛闊略；安娜我也很愛．

拿達里亞　不，我並不說這種愛情，你不明白我的意思……譬如說，你在這邊所能見的少年男子中，或賓客中，不已有所愛麼？

萬洛慈卡　不；不……別人我也喜歡，但是……

拿達里亞　譬如說，我記得你在克里尼差家晚會上曾同一個高年的軍官跳舞了三次。……你看他怎樣呢？

萬洛慈卡　同着軍官麼？

拿達里亞　不錯，他還帶着一臉大鬍子。

萬洛慈卡　啊，這個人！……不，我不喜歡他。

拿達里亞　那末莎郎司基呢？

萬洛慈卡　莎郎司基是好人；但是他……我想他不合我的意思。

拿達里亞　怎麼呢？

萬洛慈卡　他……他大概正在那裏想麗扎魏里司卡呢。

拿達里亞　（看着他）啊！……你看得出來麼？……（靜默了一會）那末拉基金呢？

萬洛慈卡　我很愛拉基金……卻如同兄弟的情分一般。

拿達里亞　還有白略夫呢？

萬洛慈卡　（臉紅起來）白略夫麼？白略夫我很喜歡他。

拿達里亞　（看着萬洛慈卡）他是個好人。不過他同誰都十分生分……

萬洛慈卡　不……他同我並不生分。

拿達里亞　啊！

萬洛慈卡　他時常同我談話。你大概可以看得出來，他很怕你。他還不知道你爲人是怎樣的。

拿達里亞　你怎麼會知道他怕我呢？

萬洛慈卡　他對我說的。

拿達里亞　啊！他對你說的……他同你開誠布公大甚於別人。

萬洛慈卡　我不知道他同別人怎樣，但是同我……也許因爲我們兩人都是孤兒的緣故．並且我在他眼光裏看起來……還是個小孩．

拿達里亞　你這樣想麼？但是我也很喜歡他他的心應該是極好的．

萬洛慈卡　太好了！如果你知道……家裏許多人全都愛他，他性質十分和藹．同誰都說得來，又喜歡幫助人家．前天他曾把一個乞丐老人從大道上扶着，直扶到病院裏去．……有一天他上樹去給我採花，升到極高，我害怕得連眼睛都閉起來；我想他一定要墜下來，把腿弄傷，……但是他又十分靈巧！你昨天在草場上自己已經能看出他這種靈巧的樣子．

拿達里亞　不錯．

萬洛慈卡　你不見他跑着去取蛇，竟跳過一條深溝麼？這種事情在他看來並不十分在意．

拿達里亞　他實在爲你纔履着險地去採花兒麼？——這樣，他是很愛你的．

萬洛慈卡　（靜默了一會）他常高興着……常喜歡着……

拿達里亞　這是很奇怪的．爲什麽他當我在那裏的時候……

萬洛慈卡　（插上話去）我已經對你說過，他並不深知你的爲人．終請你等着，你同他說……我同他說你是沒有什麽可怕的．——說你這個人是很好的……

拿達里亞　（勉強笑起來）謝謝你．

萬洛慈卡　你看着……我雖然比他年紀輕得多，他卻很聽從我的話．

拿達里亞　我竟不知道你同他已有這般深的交情……萬洛慈卡，但是總請你謹慎些．他固然是個極好的少年，但是你須知道在你這樣年紀是很不合適的．人家想着……我昨天在花園裏已經對你提起過；不記得麽？（萬洛慈卡低下頭來）我也不願意阻止你的志趣，我很相信你，並且也很信他……不過終是……你千萬不要對我生氣，說我驕傲……用訓飭的話來使少年討厭，那是我們老一輩人的事情．不過我這些話也祇是白說；因爲你已經很喜歡他，不對麽？

萬洛慈卡　（怯生生的擡起頭來）他……

拿達里亞　你又照原先這樣對我了！難道你對你姊姊也是這個樣子麽？萬洛慈卡，你靠近我身邊來坐着，……如果你的姊姊，你眞正的姊姊現在伏在你耳朵上問你，萬洛慈卡，你實在一個都沒有愛的麽？啊你怎麽回答他呢？（萬洛慈卡遲疑不決的望着拿達里亞）這樣的眼睛有彷彿要對我說什麽話的神氣……（萬洛慈卡忽然把自己頭臉鑽到拿達里亞的懷裏拿達里亞臉色慘白，——不言語了半天，又續說起來）你愛麽？說愛麽？

萬洛慈卡　（不敢擡頭）啊！我自己也不知道，我怎樣……

拿達里亞　可憐的女郎！你眞有所愛戀了……（萬洛慈卡愈加緊緊的把臉靠在他胸間）你已經發生愛情了！……但是他呢？萬洛慈卡，他呢？

萬洛慈卡　（愈加不敢擡頭）你怎麽問我呢？……我實在不知道……也許……我不知道，不知道……（拿達里亞顫索了一會，不動不響起來萬洛慈卡擡起頭來，見他臉上已經變色）拿達里亞，你怎麼啦？

拿達里亞　（回過氣來）我沒有什麼怎麼？……沒有什麼。

萬洛慈卡　你臉色這般發白……你怎麼啦？讓我來按鈴……（立起身來）

拿達里亞　不，不……不要按鈴這個並不要緊……一下子便完了。現在已經好得多了。

萬洛慈卡　不如喊個人來……

拿達里亞　不必……我還想一個人坐在這裏。請你離開我，聽見沒有？我們以後再談。請你走罷。

萬洛慈卡　你不怒我麼？

拿達里亞　我？爲什麼？一點也沒有。我並且還感謝你的誠實……不過現在總要請你離開我一會兒。（萬洛慈卡想握他的手，不料拿達里亞回轉身來，彷彿一點也不注意萬洛慈卡的行動）

萬洛慈卡　（眼中含淚）拿達里亞……

拿達里亞　請你離開我罷．（萬洛慈卡慢慢走向書房裏去）

拿達里亞　（一個人坐在那裏絲毫不動）現在我可全明白了……這兩個孩子彼此都很有愛情……（用手摸自己的臉）怎麼辦呢？讓他們享幸福去罷！（笑起來）我……我可以想到（停住話）他不久便傳揚出去……我是承認的，並不疑惑……這件新聞實在使我驚愕萬分．……但是且等着事情還沒有完呢．唉我的上帝！我怎樣說呢？我怎麼辦呢？我連自己都不知道．我要走到什麼地步呢？（靜默了一會）我想把那可憐的女郎嫁給……一個老頭子！……密遣着醫生……他都猜出我意思，暗地裏譏諷我……阿爾卡其拉基金……還有我……（顫索了一下，忽地擡起頭來）以後怎麼呢？我妒嫉萬洛慈卡麼？我……我再愛他麼？（靜默了一會）你還有什麼疑惑呢？你那可憐的人，你已經發生出愛情來！這個要怎麼辦……我實在不知道．簡直和給我毒藥吃一般……忽然全都破碎，全都散完，全都被奪．……他怕我……許多人全都怕我．我怎麼能比得上他們？他（指男）年紀輕，他（指女）年紀也輕．我呢！（愛態）他用什麼來尊重我呢？他們兩人是很傻，誠如拉基金所言。……唉！我眞嫉妒這個聰明人！但是我的慈善的阿爾卡其啊！唉，我要死了！（立起身來）並且我想我簡直的要發瘋了。我實在受着感動……這個樣子實在是我第一次……第一次！我第一次這般愛過人！（他重新坐下）他應當離開這邊。拉基金也是這樣。現在是我醒悟的時候。我應該作退一步想了！（悄悄想了一會）唉，這些全是可怕的情感。……阿爾卡其啊！我要走進你懷抱之中，我要求你饒恕我，保護我，救我，——就是他……也沒有別人！別人終是外面人，到頭來還是一別。……可是難道……難道沒有別種法子麼？這個姑娘還是個孩子。他恐怕要走錯道路。這些全是小孩子的事情……我可以自己同他講去，問他……（呵責的口吻）啊？你還希望什麼呢？你還有怎樣的希望？我還希望些什麼？唉，眞要叫我自己看不起自己了！（頭倚在手上。拉基金從書室內入，面色顫色，形色蒼皇。）

拉基金（走近拿達里亞身傍）拿達里亞……（拿達里亞身子動都不動，拉基金自言道）這個也許因爲他同萬洛慈卡兩人發生什麼事情。（大聲）拿達里亞……

拿達里亞　（擡頭）誰？啊是你啊．

拉基金　萬洛慈卡對我說你不大舒適……

拿達里亞　（轉過身去）我很康健着呢．

拉基金　不對，你一定不很舒服，看你的神氣就知道了．

拿達里亞　也許這樣……不過你怎麼啦？你有什麼事情？爲什麼你到這裏來．

拉基金　我對你說我到這裏來的緣故．我來求你恕罪．半點鐘以前，我很傻的對你做些粗魯的行爲．……現在請你恕我．一個人的希望無論怎樣溫和，很難不有神昏顚倒的時候；現在我已經醒悟過來了，我已經明白自己的地位和罪孽，祇希望着你一個寬恕．（他輕輕的坐在拿達里亞身傍）請你看望我……不要回轉身去．在你傍邊坐着的已是你原先的拉基金，是你的好友，是你除去友誼外無他關係的人．……請你不要斷絕我們的友情，並且忘記我從前曾經……忘記那所有能够使你負辱的事情……

拿達里亞　（老在那裏望着地板，一動也不動．）是，是……（停住話）啊，請你恕我，我

一點也沒曾聽見你對我說的什麼話，

拉基金　（愁顏）我說……我請你饒恕我．我問你，你願不願准許我做你的朋友．

拿達里亞　（慢慢的轉身過去，把手按放在他肩上．）拉基金，請你說，我怎麼啦？

拉基金　（靜默了一會）你發生愛情了．

拿達里亞　我發生愛情了……這是胡話．這是不可能的事．難道這個能够忽然……你說，我生了愛情……（頓住話）

拉基金　是可憐的婦人，你生了愛情了！……不要自哄自啊．

拿達里亞　（並不望他）現在我怎麼辦呢？

拉基金　如果你允許我，我極願意說給你聽……

拿達里亞　（截斷他話，卻依舊不看着他．）你知道那個女郎萬洛慈卡極愛他……他們兩人互相愛戀．

拉基金　這樣——起來又多了一個原因……

拿達里亞　（又截住他的話）這件事情我早就有點疑惑，可是他現在自己也承認了．……剛纔他明說過了．

拉基金　（輕輕說彷彿自言自語的樣子）可憐的婦人！

拿達里亞　（用手摸着臉）但是……已到了醒悟的時候了．你大概願意同我講什麼話……拉基金，請問你這件事情叫我怎麼辦呢？

拉基金　我很願意給你出主意，但是有一個條件．

拿達里亞　什麼條件？

拉基金　我們應該預先約好，你不可疑惑我的意思．你應該相信我幫助你的意思並不出於自私自利的念頭；你也要幫助着我纔好．你的信任能加增我的力量；否則，簡直還是讓我不說話的好．

拿達里亞　說罷，說罷．

拉基金　你不疑惑我了！

拿達里亞　說罷。

拉基金　那末請你聽着他應該離開這邊。（拿達里亞默默的看着他）是，他應該離開這邊。我也不來對你講起那些關於你的丈夫和你的責任的話。這些話在我嘴裏說出來是無用的。……但是這兩個孩子又互相愛戀。這個是你自己剛纔對我說的；請你想一想你在他們兩人中間的地位……你多苦啊！

拿達里亞　他應該離開這裏……（頓住一下）可是你呢？你留在這裏麼？

拉基金　（怒色）我？……我？……（頓住一下）我也應該離開這裏。為着你的安寧，為着你的幸福，為着萬洛慈卡的幸福，他……和我……我們兩人都應該永遠離開這裏。

拿達里亞　拉基金……我弄得不好，簡直的要打算把這可憐的女郎，我母親付託於我的孤子嫁給那個又儍又可笑的老人！……拉基金，我精神很不夠；當他笑着回答我求婚事情的時候，我的話竟在嘴唇上凍住，一句也說不出來。……但是我已經同那個醫生約好過，我已經准他發笑；我極力忍受他那種嘲笑譏諷的話……唉，我覺得我彷彿正站在深淵的邊上，請你救我一下子罷！

拉基金　你也許能承認我的話是很對的……（他停頓了一下，趕緊又續上。）他應該離開……我們兩人都應該離開……別個救法是沒有的了。

拿達里亞　（憂容）不過以後叫我還有什麼生趣呢？

拉基金　哎喲，難道竟會到了這種地步……拿達里亞，你心神應該安寧一點……這種事情全已過去。怎麼會沒有生趣呢？

拿達里亞　你們全離我去後，叫我何以爲生呢？

拉基金　但是……你的家庭……（拿達里亞低頭下去）在他離開這裏以後，如果你願意，我可以多留幾天……爲的是……

拿達里亞　啊！我明白你的意思。你要盤算一下，你要顧全原來的友誼……你希望我能醒悟過來，我能回心到你身上來；對不對？我明白你的意思。

拉基金　（臉紅起來）拿達里亞。爲什麼你這般羞辱我呢？

拿達里亞（憂苦的態度）我明白你的意思……但是你也太執迷不悟了。

拉基金　怎麼？在你和我約定以後，在我爲你爲你一人，爲你幸福，爲你處世的地位着想以後……

拿達里亞　啊！你早就關心到這件事情麼？爲什麼你原先總沒有說過這樣的話呢？

拉基金（站立起來）拿達里亞，你今天，我立刻可以離開這裏，你也永遠不再會見我……（想着出去）

拿達里亞（拉他的手）請你恕我；我自己也不知道我說什麼話……你看得出我現在處在那一種的地位上面。請你恕我罷。

拉基金（趕緊回過身來，拉着他手）拿達里亞……

拿達里亞　唉，我說不出來的痛苦……（倚在拉基金身上，用手帕擦那淚汪汪的眼睛）請你幫助我，我沒有你便受苦了……（那時候廳門忽開，阿爾卡其和安娜走將進來）

阿爾卡其　我總持着這個意見……（看見拿達里亞和拉基金這種樣子，便驚愕得不由得站住了．拿達里亞望了一下，趕緊走過，拉基金還站在那裏，心裏十分着急．阿爾卡其對他說．）怎麽啦？這是怎麽一回子事情？

拉基金　唔……沒有什麽……這個……

阿爾卡其　拿達里亞不舒服麽！

拉基金　不……但是……

阿爾卡其　爲什麽他一下子便走開了呢？你同他說些什麽話？他彷彿哭來着……你安慰他……這是怎麽回子事呢？

拉基金　實在沒有什麽事情．

安娜　怎麽會沒有什麽事情呢？（停頓了一下）我去看看他去……（想着走到客室裏去）

拉基金　（阻住他）不，不求你不如讓他一個人安安靜靜留在那裏．

阿爾卡其　這是什麽意思？趕快說罷．

拉基金　沒有什麼事情……我答應你們兩人今天全都說將出來．不過現在，如果你信及我，請你一點也不要問我——也不要驚動拿達里亞．

阿爾卡其　也好罷……不過這是很奇怪的．拿達里亞原先沒曾做出這種樣子來．這是極不平常的事情．

安娜　最要緊的事情——怎麼會使拿達里亞哭呢？並且爲什麼他走開呢？……難道我們是外人麼？

拉基金　你說什麼！那怎麼能呢！並且我們的談話還沒有告終……我應該求你們兩人再讓我們兩人在一塊兒談一會話．

阿爾卡其　也好！這樣說來，你們中間有祕密麼？

拉基金　祕密……但是你將來一定會知道的．

阿爾卡其　（想了一下）母親，走罷……讓他們留在這裏．讓他們把祕密的談話說盡了．

安娜　但是……

阿爾卡其　去罷，去罷.——他已經答應以後全把這件事情告訴出來.

拉基金　請你安心……

阿爾卡其　(嚴冷的態度)我很安心呢!(對着安娜)去罷.(兩人出)

拉基金　(目送他們走去，趕緊走到書室門那邊.)拿達里亞，教你出來罷.

拿達里亞　(從書室內出，臉色慘白得很.)他們說什麼話?

拉基金　沒有什麼，請你安心罷……他們實在覺着有點奇怪.你丈夫想着你不很舒服.……他看出你驚惶的態度來.……請你坐着談罷.(拿達里亞坐下)我對他們說過.……我請他們不要驚擾你……讓我們兩人私自談一會兒話.

拿達里亞　他答應你麼?

拉基金　答應了.我還答應他明天把所有事情全告訴給他聽……爲什麼你走開呢?

拿達里亞　爲什麼?……不過現在你要說些什麼話?

拉基金　現在這件事情不是這個樣子．……我們應當利用這個機會來解決一切．……你也看出決定不能長此維持着這種樣子．……你擔受不起這些驚慌的事情……我自己也……請你把態度堅決一下！因爲你已經和我同意……

拿達里亞　什麼事？

拉基金　你已經承認我們離開這裏是必要的了．你不贊成這個意思麼？旣是這樣說，再也不必延遲了．並且我還立刻可以去同白略夫交涉……他是極體面的人，他一定明白……

拿達里亞　你願意同他交涉麼？是你麼？不過你同他怎麼說呢？

拉基金　（怒意）我……

拿達里亞　（停頓了一下）拉基金，你不覺得我們兩人都彷彿瘋子一樣麼？……我很害怕，也使你驚惶起來；卻也許全爲的是一點小事。

拉基金　怎麼啦？

拿達里亞　實在的．我同你是怎麼回事呢？本來這家裏全是很平安的……忽然……並不知道是從何而起的！我們實在已經是瘋了……我們也傻透了……現在還不如照舊生活着……阿爾卡其方面也不必你去和他講解；我自己就同他去講明這些惡戲，我們兩人少不得也要哄笑一場．我並不需要我們夫妻兩人間有什麼中間人！

拉金基　你這個人眞使我驚奇得很，你含着笑，臉卻白得如死人一般……你再回想一想你一刻鐘以前對我所說的話……

拿達里亞　這有什麼要緊……我已經看出這件事的根苗來了……你自己在那裏興風作浪……爲着使沈下去的不祇一個人．

拉基金　又是疑惑，又是責備……拿達里亞，你怎麼啦？你眞叫我憂愁死了．你大概對於你那種爽直的態度有點後悔的意思麼？

拿達里亞　我一點也不後悔．

拉基金　那末怎樣能明白你的意思呢？

拿達里亞　（高興的樣子）拉基金，如果你對着白略夫講起一句話關於我的事情，我永遠是不會饒恕你的.

拉基金　啊！請你安心.我不但一句話都不對白略夫說，並且不和他作別，便可以離開這邊.

拿達里亞　你也許以爲我已經變更對於命他離開這邊的意思.

拉基金　我並不作這般想.

拿達里亞　並且我還深信他有離開這邊的必要，我打算自己去辭卻他.（停頓了一下）我自己去辭卻他.

拉基金　你？

拿達里亞　是，我.並且還立刻，我求你把他請到這裏來.

拉基金　怎麼？立刻麼？

拿達里亞　立刻.我請求你這件事情。你看着現在我已經十分安寧。並且現在沒有人來阻撓我的事所以應當利用這個機會……我很感謝你我要問問他話。

拉基金　他一句話也不會對你說他會在我面前直認說你在他傍邊便使他覺着不大合適。

拿達里亞　（疑態）啊！你已經同他講起我來了麼？（拉基金聳了聳肩）唔，請你恕我，請你把他請來。你看我一辭卻他，萬事便做完了。什麼事情都要像惡夢般的浸經浸忘。總請你把他找來，我要同他直捷了當的交涉一下。你一定也要滿意我的行徑。

拉基金　（屢次冷冷的看着他）你的希望一定可以成功。（走向廳門那裏去）

拿達里亞　（目送他去）謝謝你。

拉基金　啊，不要謝我啊！……（迅步出）

拿達里亞　（一人沈思了半天，自言自語起來）他是個極體面的人……但是難道我果眞已經愛他了麼？（立起身來）他說得很有理。他應該離開這裏。不過怎麼去拒絕他呢？我願意知道究竟他愛不愛那個女孩？也許這些全是小事。我爲什麼這般恐惶？爲什麼露出這樣的態度來？但是現在也沒有法子了．我願意知道他怎麼對我說法？但是他應該離開這裏．……一定的……一定的．他也許不願意回答我……因爲他很怕我……這樣說，我就不必同他多談話．……（把手按在額上）我頭痛得很．不要延到明天再說麼？我看今天許多人都對我深深注意……叫我怎麼辦呢？不，不如一下子便辦完這件事情……還用一點餘力，我就自由了！……是，不錯！我酷望自由和安寧（白略夫自廳內入）他來了．……

白略夫　（走近拿達里亞身傍）拉基金先生對我說你有點事情要和我相見．……

拿達里亞　是的……我要同你講解一件事情．

白略夫　講解麼？

拿達里亞　（毫不看他）是……講解．（停頓了一下）我對你實說，我實在不滿意你．

白略夫　能夠知道什麼原因麼？

拿達里亞　請你聽着罷．……我實在不知道從何說起．但是我應該預先聲明的，我的不滿意並不因爲你有什麼失誤的地方……我對於你教導闔略所採的方法是極贊同的.

白略夫　那末什麼事情呢?

拿達里亞　(看着他)你不必驚惶……你的罪並不怎麼大.你年紀很輕,大概還沒曾在別人家裏住過.你沒有預見之明……

白略夫　但是,拿達里亞……

拿達里亞　你願意知道怎麼回事麼?我知道你現在是忍耐不住的了.所以我願意對你說萬洛慈卡……(望着他)萬洛慈卡對我全行承認了.

白略夫　(驚疑態)萬洛慈卡麼?萬洛慈卡對你承認些什麼?於我又有什麼關係?

拿達里亞　你實在還不知道他所承認的是甚麼嗎?你猜不到麼?

白略夫　我?一點也不知道.

拿達里亞　這樣說,請你恕我.如果實在還猜不到——我應該求你原恕我.我想……我弄錯了．但是請你注意，我並不信你．我明白怎麼會使你這樣說話．……我很敬重你那種溫和的態度．

白略夫　我簡直的不明白你的意思．

拿達里亞　實在麼？難道你能使我相信，你一點也不覺得這個孩子萬洛慈卡對你的情景麼？

白略夫　萬洛慈卡對於我的情景？我簡直的不知道，你怎麼會說出這句話來．……我覺着我看待萬洛慈卡，和看待……

拿達里亞　看待別人一樣，不對麼？（停頓了一會）無論你知道不知道這件事情，無論你假裝着說你不知道這件事情，卻事實具在：那個姑娘已經愛你了．這是他自己在我面前直認不諱的．現在我好心問你，你的意思打算怎麼辦呢？

白略夫　（驚擾起來）是問我打算怎麼辦麼？

拿達里亞　是的．

白略夫　這種事情眞是出人不意……

拿達里亞　（頓住了半天）我看……我起首沒有把這件事情辦得好了。你不明白我的意思。你想着我對你生着氣……實在我也有一點怒意。但是這是自然的。請你安心罷。請坐罷。（兩人坐下）如果你信得過我，我可以誠誠懇懇把這件事情講說一下。實在你也不必同我生氣。萬洛慈卡愛你……自然這件事情你一點也沒有錯處；我想着你一點也沒有錯處……但是他是個孤女，他是我的養女，我應該替他負責任，擔保他的將來和幸福。他年紀還輕，我信你灌給他的那些情感也許不久便要隱藏起來……因爲以他這樣年紀愛情是不會永久的。你明白我的責任祇在於提醒你。弄火總是極危險的事情……我信你現在已經知道他對於你的情景，便要變更你的態度，避去花園內遊逛和相見的事情……我希望你能這樣做法。……第二個人我是決不會同他這樣開誠布公的說的。

白略夫　我很能尊重。

拿達里亞　我對你說我並不疑惑着你……並且這件事情還祇是我們兩人中間的祕密．

白略夫　你對我說的話我眞覺得十分奇怪……自然我不敢不信你，但是……

拿達里亞　我現在對你所說的話，並沒有一點惡意存在裏面……我雖然和你不很熟識，但是我知道你這個人是很好的．你固然不富……但是你年紀很輕，你有無限的將來；當兩人互相愛戀的時候……對於你同萬洛慈卡的交情，我認爲應該提醒你幾句話……

白略夫　（着急起來）我實在不知道你所要說的話是甚麽意思？

拿達里亞　（急說）我並不要求你承認，我從你的行爲上便明白這件事情的根由……（望着他）但是我要提醒你的一句話：在萬洛慈卡看來，以爲你對他也不很冷淡．

白略夫　（想了一想，便立將起來）拿達里亞，我看我再也不能夠留在你們家裏了．

拿達里亞　（臉紅起來）你大概能夠等着使我自己來辭卻你．（立起身來）

白略夫　你既經對我開誠布公．……我也便對你誠誠懇懇的聲明一下．我實在不愛萬洛慈卡，並且我的不愛他還不像你所設想的一般．

拿達里亞　難道我……（頓住說）

白略夫　如果萬洛慈卡果眞愛我，如果他以爲我對待他不冷淡，那末我眞不願意去欺騙他；我自己同他把實情講一講．但是在這個講解以後，你也明白我是很難在這裏久留的了：我的地位便要感着不方便．我也不必對你說，我離開這家心裏怎樣的難受．……但是我想不出別個法子來．我將永遠憶起你，感謝着你．……我現在要走了．……我一會兒還要來同你辭行．

拿達里亞　（假裝着冷淡的態度）隨便你罷．……但是我眞想不到這層．……我並不因爲這個纔同你講解．……我不過願意提醒你一下．……萬洛慈卡還是個小孩．……也許我對於這件事情的意義看得太重大些．但是我看不出你有離開這邊的必要．不過還是隨便你好了．

白略夫　拿達里亞……我實在不能夠再留在這裏.

拿達里亞　可見你很捨得同我們離開啊!

白略夫　不,不捨得.

拿達里亞　我不喜歡違背人家意志,卻去留人家……但是我覺得不喜歡這樣做.

白略夫　(幾經遲疑)拿達里亞……我不願意惹起你發生出一點兒的不喜歡……我就留在這兒了.

拿達里亞　(遲疑)啊!……我想不到你恁快變更你的決意……我很感謝你,但是……容我想一下子.也許你說得有理;你實在應該離開這裏.我想我以後再告訴你……你允許我今天晚上用着腦筋想一想麼?

白略夫　我很願意等着.(鞠了一躬,便想走開)

拿達里亞　你答應我……

白略夫　(止步)什麼?

拿達里亞　你大概要去同萬洛慈卡講一下子……我不知道好不好這麼辦．但是我可以把我的決意說給你聽．我現在覺着你實在應該離開這裏再見罷．（白略夫又鞠了一躬，便出去了．拿達里亞目送着他走．）我安心了！他不愛萬洛慈卡……（在室內行走）難道我本來要辭掉他，卻反留住他麼？他留在這裏……叫我怎麼去回答拉基金呢？（頓住）我有什麼權力來撲滅這可憐的女孩的愛情呢？……怎麼辦呢？我自己誘着他承認，現在我自己也這樣沒主意麼？（用手掩臉）也許他慢慢的要愛他（指女）……我能用什麼法子來把這朵花兒打掉呢？也許他哄騙我……我也願意騙他麼？……啊，不！他做事情是很體面的！……他不像我這樣子！爲什麼我這樣匆忙呢？（歎氣）唉，如果我有預見之明，那就多好啊！……我使着狡賴，我在他面前撒謊……但是他！他說得又自在又勇敢……我眞崇拜他這個人！我還不知道他這個爲人……他應該離開這裏．如果他還留在這裏，我覺着恐怕要把自尊之心消滅盡了……他應當離開；不然，我就要受苦了！趁着他現在還沒曾和萬洛慈卡相見的時候，可以寫封信給他……

……他應該離開這邊啊！（趕緊走到書房裏去）

第四幕

臺上飾着又大又空的前室．光滑的牆，高低不平的地板；室內六根石柱，支住了頂棚．左邊兩扇開着的窗和進入花園裏的門．右邊門外是走廊，從那裏可以通到正房去；中間是貯藏房的鐵門．第一根柱子靠右放着一隻花園裏用的綠椅；屋角裏放着許多鋤頭漏斗布袋等雜物．那時候是薄暮．紅色的日光從窗裏直射到地板上面．

卡加　（自門內向右入，一直走到窗旁，向着花園看望了半天，）不看不見他們．卻對我說他走到花園裏面去了．也許還沒有從裏面出來．不如等他過來．別個道路他決不會走．……（歎了口氣，靠在窗旁）人家說他要離開這裏．（又歎了口氣）我們沒有了他要怎麼辦呢？……可憐的女郎！他怎樣求我．……怎麼會不盡心呢？讓他同他細細的談一談，唉，今天天氣多暖和啊！……細雨微微的下降．……（又從窗裏看出去，忽然向後倒退）他們不是到這裏來麼？……實在是到這裏來的．唉，討厭透了．……（想着走開，剛走到走廊門那裏，已經來不及，意格拿基和麗查魏泰早就從園裏走將進來．卡加藏在柱子後面．）

意格拿基　（拍着帽兒）我們可以在這裏躲一躲雨……這種雨一會兒便可停了．

麗查魏泰　可以罷．

意格拿基　（四面一望）這是什麼房子？是貯藏房麼？

麗查魏泰　（指着鐵門）不，那邊纔是貯藏房呢．這個外屋兒是阿爾卡其的父親從外國回來的時候建築的．

意格拿基　啊！我見出這是什麼事情來．（坐在凳上）請坐罷．（麗查魏泰坐下）這個雨下得正不巧，打斷了我們在極有趣味的地方談話．

麗查魏泰　（垂着眼皮）意格拿基……

意格拿基　但是誰都不能阻止我們再談起話來．……你剛纔不說安娜今天精神不爽快麼？

麗查魏泰　是不很爽快他並且還在自己屋裏用飯呢！

意格拿基　這眞是不幸！

麗查魏泰　他今天早晨看見拿達里亞同拉基金在一塊兒流着淚……固然拉基金也是自己人，不過終是……但是拉基金答應着實情全行說將出來．

意格拿基　啊！他白白的受着驚恐．據我看來，拉基金並不是什麼危險的人物．

麗查魏泰　這個怎麼看得出來呢？

意格拿基　喜歡說話，好作聰明的人你不必怕他，因爲他並不危險，說出話來，便就完事了．至於有些人平常不喜歡說話，性情又很固執，城府很深，後腦是寬大的，這種人最爲危險．

麗查魏泰　（靜默了一會）請問，拿達里亞實在不舒服麼？

意格拿基　他這個不舒服，仍和你我平常一般．

麗查魏泰　他頓時一點也不喫什麼東西．

意格拿基　並不祇因爲一點病，便奪他的食慾。

麗查魏泰　你在鮈里杏査甫家喫飯麼？

意格拿基　是，是在他家裏……我到他家裏去祇爲着你纔又回來。

麗查魏泰　得了！你知道麼拿達里亞爲什麼對你生氣？……他在吃飯的時候對於你表示極不滿意的樣子……

意格拿基　實在麼？我們眼睛雖然很亮，却終不合太太們的意思。替他做事，極力的幫他忙，——他反假做不理會這件事情。唉，竟有這樣的人！唔，我們且看着罷。拉基金大概也和平常兩樣麼？

麗查魏泰　是，是他今天也彷彿不大舒適……

意格拿基　唔。萬洛慈卡呢？白略夫呢？

麗查魏泰　大家全帶着那垂頭喪氣的神氣。我實在想不出他們今天爲甚麼全是這付樣子？

意格拿基　麗查魏泰，知道得多，老得便快．……不必管他的這些事情，不如講一講我們的事情．雨大概還沒有停止．……你願意麼？

麗查魏泰　（紅着臉，垂下頭去．）你問我什麼？

意格拿基　你看，你爲什麼老喜歡紅着臉，垂着眼皮呢？我同你年紀並不很輕！這些禮節，溫柔的態度和歎氣——對於我們已經是不合適的了．有些什麼話不如正大光明的說將出來．現在有個問題：我們已經互相愛悅……至少我想我是很愛你的．

麗查魏泰　（臉微微的紅起來）意格拿基，實在……

意格拿基　唔，好，好！你既是個婦女，自然免不了那番羞澀的態度．我們兩人既然互相愛悅．並且在別個狀態裏面我們也很相合．我自然對於自己應該說我並不是高貴出身：大概你也和我不相上下．我並不是個富人；然而我可以……（笑了一聲）但是我的性情脾氣自信還算很好．我的醫道也十分純熟，對於病人決不會一下子便致他的死命；據你說，你又有一萬五千現錢；這個也就很好了．並且我看你永遠做那保姆的職務那是十分討厭的；就是同那個老婆子周旋着，鬬鬬牌消遣，那也是極悶損的事情。至於從我那方面說起來，那鰥魚的生涯也實在使我厭煩，並且我已經漸漸衰老起來，就是廚婦也可以欺負着我；如此說來，這件事情各方面都很妥貼。就有一件難處：因爲我們互相還不能十分相識；實在說，我不很知道我，我卻很知道你。你的脾氣我全都知道。我並不說你一點也沒有過失。你既是老處女，自然具着那酸辣的性質，但是這個並不十分要緊。好丈夫的妻子彷彿軟臘一般。我很願意你能在我們結婚以前深深的知道我；否則，恐怕你我以後要生出不和的事情來……我是不喜歡哄騙你的。

麗查魏泰　（傲態）意格拿基，我想我終有機會能夠知道你的脾氣。

意格拿基　你麼？，唔，得啦……這個不是婦人家的事情。大概你一定能看出我具着歡喜性情——是個好詼諧的人，是不是？

麗查魏泰　我總覺得你是個很和善的人……

意格拿基　你看這就是這樣。觀察人那多容易錯誤啊！因爲我常在別人面前盡情的詼諧，訴說些故事，伺候着他們，你便想着我實在是個極高興的人。不知道如果我無所求於這些人，那就連正眼都不會看他。……我用那詼諧的態度來擡高他們，任意所至，也決不會生出什麽危險。……但是我並不哄騙自己：我知道那些人固然我有求於他們，而他們離開我也很煩悶，並且自以爲還有權可以羞辱我。就那拿達里亞來說，他嘴裏常說道：『可愛的醫生，我實在很愛你。……你有那惡毒的口詞……』哈哈，什麽叫做惡毒的口詞！這些女太太們嘴裏含着笑，眼睛密縫縫着，臉上都露出惡毒的樣色……他們太看不起我們，你有什麽法子呢！我明白爲什麽他今天不滿意於我。這些太太們實在是很奇怪的人！因爲他們每天要灑着香水，說話又說得極其忽略，使人無從捉摸。這些人眞是罪孽啊！

麗查魏泰　意格拿基……你的話使我十分驚奇。

意格拿基　我知道我的話要使你驚奇。你一定又以爲我這個人不但不大高興，並且不很和善。……但是我也正不願意在你面前對於我本來沒有的事情大大的誇起口來。

我無論怎樣在大人先生面前折腰，卻誰都不能看我作玩物，誰都不能任意玩狎我。他們恐怕還有點怕我；因爲他們知道我是很能記仇的。三年前有一天一個人在吃飯的時候拿起一根蘿蔔，打在我頭髮上。你想着我那時候怎麼辦呢？我一點也不露出生氣的樣子，神氣不動的請他出來決鬭。那個人害怕得要死；主人也吩咐他替我賠罪——當時許多人全異常震動！……其實我早就知道他是決不會和我戰鬭的。麗查魏泰，從這裏你就可以看出我的自信心來。我天才是很少的，不過隨隨便便的學着一點。我是個庸醫，在你面前也不必怎樣隱瞞；如果你有點不舒服，我是決不能醫你。如果我有了天才和教育，也早就投奔到都會裏去。在這裏的人自然不必用什麼好醫生。至於講到我的脾氣，我是應該預先對你說明的：在家裏我十分固執，不大喜歡說話；祇要人家能服侍我，我決不會生氣；更喜歡人家能體會出我的脾氣，端正着美味給我吃；並且我這個人並沒有嫉妒心，也沒有嗇吝心；我不在家的時候你可以做你所願意做的事情。至於我們兩人間那種浪漫的愛情也不必去說他；但是我想你總能同我在一個屋頂下生活……祇要你能使我喜歡，祇要我在的時候你不哭，這個是我不能夠忍受的！以上所說的話全是我個人的傳記．唔，現在你怎麼說呢？

麗査魏泰　我怎麼說，意格拿基……如果你不把自己有心汚蔑……

意格拿基　我爲什麼自己汚蔑呢？你想：如果別人處在我的地位上，他一定不將自己的毛病說出來，並且你也決覺不出有什麼幸福，等到結婚以後那就晚了．但是爲這個我是很誇口的．（麗査魏泰看着他）是，是，很誇口的……無論你怎樣看我．我在我未來的妻子面前決不打算說謊話；如果對於別人，便不能夠心口如一．這是我的脾氣……我對於你心裏想什麼，嘴裏便說什麼；就不是這樣，也決不會來哄騙着你．你看我一定是個很奇怪的人；你且等着，以後我將把我的一生講給你聽，你一定要奇怪爲什麼我這個人還存在於世．你在小時候自然也不是什麼金枝玉葉的出身，但是你萬萬想像不到那眞正貧窮的生活．這種事情我以後再同你細談．現在你且想一想剛纔我對你說的事情……一個人好生考量一下，再把你的決意告訴與我．我斷定你是個多智的婦女你現在多大歲數?

麗查魏泰　我……我……三十歲了.

意格拿基　(安閒的態度)這個不對:你整四十歲.

麗查魏泰　(面大赬)並不是四十歲.卻是三十六歲.

意格拿基　反正不是三十歲啊.這種虛僞的話言你總以少說爲妙……並且已嫁的婦女三十五歲也不算十分老.(立起身來)雨大概停止住了.

麗查魏泰　(也立起身來)是,止住了.

意格拿基　這樣說,你等幾天就給我回答麼?

麗查魏泰　我明天把我的決意說給你聽.

意格拿基　我很愛這樣!……眞聰明,眞聰明!喂,麗查魏泰.把你的手給我.我們回家去罷.

麗查魏泰　(遞過去自己的手)我們走罷.

意格拿基　我還沒曾親過你的手……這大概是照例應有的事情.……(親麗手.麗面

大頰.）好極了.（走向園門那裏去）

麗查魏泰　（停步）你想拉基金實在不是危險的人物麼?

意格拿基　我想是這樣.

麗查魏泰　意格拿基，你知道麼?我以爲拿達里亞這幾時以來……我以爲白略夫先生……拿達里亞對於他十分注意.……啊?就是萬洛慈卡也是這樣，你看是不是?今天恐怕也爲的是這個……

意格拿基　（插住說）麗查魏泰，我還忘着同你說一句話.我這個人自己十分好奇，卻忍受不住那好奇的婦女.我且同你講一講這個意思:據我的見解，妻子應當好奇，並且喜歡觀察，（這個對於他丈夫是很有益的.）但是同着別人……你須明白同着別人……但是你如果一定要知道我對於拿達里亞，萬洛慈卡，白略夫這幾個人的意見，我可以唱個歌兒給你聽.我的聲音極美，可是你不要催促我.

麗查魏泰　（驚異的態度）唱歌啊!

意格拿基　聽着！這是第一段：

『村婦那裏有一隻灰色的山羊，
村婦那裏有一隻灰色的山羊，
是這樣！是那樣！灰色的山羊！
是這樣！是那樣！灰色的山羊！

第二段：

『山羊想到林裏去逛，
山羊想到林裏去逛，
是這樣！是那樣！林裏去逛！
是這樣！是那樣！林裏去逛！

麗查魏泰　但是我實在不明白……

意格拿基　聽着！這是第三段：

「灰色的狼把羊兒吞下，
灰色的狼把羊兒吞下，
是這樣！是那樣！把羊兒吞下！
是這樣！是那樣！把羊兒吞下！

現在我們去罷．並且我應當同拿達里亞談一下子．如果我沒有走錯道兒，我還有用於他呢．我們去罷．（往花園裏去）

卡加　（慢慢的從柱後出來）好容易走了！這個可惡的醫生……說着說着，老說不着！還唱些什麼呢？我恐怕白略夫這個時候要回家去了……大概他一定要打這邊走過．（走到窗傍）麗查魏泰快做醫婆了……（笑了笑）眞很得意……其實我也不去嫉妒着他……（從窗內往外探望）小草洗得恁般乾淨……又淸香得很……這是薔薇花的香氣，啊，他正在那裏走來了．（等着）白略夫先生！……白略夫先生！

白略夫的聲音　（在臺後）誰喊我啊？這是你，卡加．（走近窗前）什麼事情？

卡加　請進來罷．……我要對你說幾句話．

白略夫　啊！好罷．（從窗旁走開，進入門來）我來了．

卡加　雨沒有淋着你麼？

白略夫　不．……我同着波達波坐在煖室裏面．……怎麼，他是你的叔父麼？

卡加　是．他是我的叔父．

白略夫　你今天多好看啊！（卡加笑着垂下眼睛來．白略夫從口袋裏取出一隻梨）你要不要？

卡加　（推辭）深深謝你……你自己喫罷．

白略夫　你昨天拿覆盆子給我喫的時候，難道我推辭了麼？請拿着，這是我特地為你纔採下來的……實在是這樣．

卡加　唔，謝謝你．（拿着梨兒）

白略夫　這就對了．你要同我說什麼話呢？

卡加　小姐……萬洛慈卡請我……他願意見你，

白略夫　啊！好，我立刻就到他那裏去．

卡加　不……他自己到這裏來他要同你辦個交涉．

白略夫　（驚異起來）他要到這裏來麼？

卡加　是的．在這裏，知道不知道？……這裏誰都不會來．這裏沒有人妨礙……（歎氣）他很愛你……他這個人眞好．我去叫他來，好不好？你能等着麼？

白略夫　自然等着，自然等着．

卡加　立刻就來……白略夫先生，人家說你要離開這裏，這裏有這個事情麼？

白略夫　我麼？不……誰對你說的？

卡加　那麼你不離開這裏麼？唔，那可好極了！我立刻就回來．（進入門後）

白略夫　（站在那裏，許久不動）眞是怪事！我會生出這種怪事．這個我實在是想不到的……萬慈洛卡很愛我……拿達里亞知道這個事情……萬洛慈卡自己也全承認了……眞怪事！萬洛慈卡是個和平良善的孩童這個條子到底是什麼會事呢？（從口袋裏拿出一片紙來）這是拿達里亞送來的……用鉛筆寫着『不要離開這裏，當我沒曾同你辦好交涉以後，不要有什麼決定。』他要同我說些什麼話呢？（靜默了一會）我腦筋裏發生出何等愚傻的意思！實在這些事情使我十分驚擾。如果有人在一月以前對我說，我……我……我自從同拿達里亞談話以後，心裏很不自在。爲什麼我的心這般跳呢？現在萬洛慈卡又想來見我……我怎麼對他說呢？至少我能夠知道這是怎麼回事……也許拿達里亞生氣着我……那怎麼辦呢？（又看起那張條子來）這是很奇怪，很奇怪。（門慢慢的開起來，他趕緊藏好紙條。門限那裏顯出萬洛慈卡和卡加來。白略夫走到他們前面。萬洛慈卡臉色死白，不抬眼，也不動身。）

卡加　小姐，不要害怕，走到他面前去罷；我給你看守着……不要害怕。（對着白略夫說）喂，白略夫先生！（他關着窗兒，走進花園裏去，隨手關着門。）

白略夫　萬洛慈卡……你願意見我。走到這裏來，坐在這邊。（拉着他手，引到石櫈旁邊去．萬洛慈卡坐下．）這就對了．（看着他露出怪奇之態）你哭了麼？

萬洛慈卡　（不擡眼）這個不要緊……我來求你饒恕，白略夫．

白略夫　什麼事情呢？

萬洛慈卡　我聽說……你同拿達里亞曾作過一次極無趣味的談話……你快要離開這裏……人家把你辭去．

白略夫　這個話誰對你說的？

萬洛慈卡　拿達里亞自己說的……在你們兩人談話以後我曾遇着他……他對我說你自己不願意再留在這裏．但是我想一定是別人家辭去你的．

白略夫　請問，家裏人已經全知道了麼？

萬洛慈卡　不……祇有卡加一個人知道……我應該對他說……因爲我願意同你談話，求你的饒恕．現在你想想，我心裏有多少的難受？……因爲我是這件事情的總因；是我一個人的錯誤．

白略夫　你，萬洛慈卡麽？

萬洛慈卡　我實在一點也想不到……拿達里亞……但是我饒恕着他你也要饒恕着我．……今天早晨我還是個愚傻的兒童，但是現在……（止住話）

白略夫　還一點沒有決定．……也許我能留着．

萬洛慈卡　（憂愁）你說一點沒有決定……不，全已決定，全已終了．你現在對我這個樣子；再憶記那昨天在園內的情景．……（停頓了一會）唉，我看拿達里亞全已對你說過．

白略夫　（驚擾之態）萬洛慈卡……

萬洛慈卡　他已經全對你說過，這個我很看得出來．……他想着捕住我，我也傻得很，竟墮在他的網中．……但是他也把自己的原形顯將出來．……其實我已經不算一個兒童了．（低聲）唔，不是兒童了．

白略夫　你想說什麽話？

萬洛慈卡　（看着他）白略夫，白略夫實在是你自己願意離開我們麼？

白略夫　是的。

萬洛慈卡　爲什麼緣故？（白略夫默着聲）你不回答我麼？

白略夫　萬洛慈卡，你沒有錯……拿達里亞全對我說了。

萬洛慈卡　（弱聲）什麼，什麼做個譬喻？

白略夫　萬洛慈卡……我實在不能夠……你明白我的意思。

萬洛慈卡　大概他對你說我愛你的事情麼？

白略夫　（疑遲不決）是的。

萬洛慈卡　（疾言）這個不對……

白略夫　（驚擾之態）怎麼！……

萬洛慈卡　（用手掩着臉，輕聲說着。）我沒有同他說這個話，我不記得了……（抬起頭來）他對待我眞太殘酷！你……你就因此想着離開這裏麼？

白略夫　萬洛慈卡，你自己想一想……

萬洛慈卡　（看着他）你不愛我啊！（又掩着臉）

白略夫　（坐在他身傍，拉着他手）萬洛慈卡，把你的手給我。……聽着，我們兩人中間不應當有什麼誤會的地方。我愛你若姊妹；我愛你，因爲不能不愛你。請你恕我，如果我……我自有生以來沒曾處過這種地位。……我不願意羞辱你。……我不願意在你面前做假；我知道你喜歡我，你愛我。……但是請你自己想想，這個怎麼辦法呢？我已經二十歲，手下一個錢都沒有。請你不要生氣着我。我眞不知道怎樣同你說纔好。

萬洛慈卡　（手從臉上放下，看望着他）我彷彿有什麼要求的地方。但是爲什麼這樣殘酷，這樣不和平……（他止住話）

白略夫　萬洛慈卡，我不願意惹你的怒。

萬洛慈卡　我並沒有抱怨着你。你有什麼錯處呢？錯兒是在我一個人身上。……因此我要受罰！我連他（指拿達里亞）也不抱怨；我知道他是個和善的婦人，但是他不能夠磨折自己……他去失了自己的身分。

白略夫　（疑態）丟失了麼？

萬洛慈卡　（回聲向着白略夫）白略夫，拿達里亞愛你呢。

白略夫　怎麼？

萬洛慈卡　他愛你呢。

白略夫　你說什麼話？

萬洛慈卡　我知道我所說的話。今兒一天使我老練了許多。我已經不是小孩。他打算嫉妒着我！（慘笑）你以爲怎樣？

白略夫　這是不能的啊！

萬洛慈卡　不能的……但是爲什麼他忽然打算把我嫁給那位鮑里杳甫先生呢？爲什麼他請醫生來定計，爲什麼自己來勸我呢？啊，我知道我所說的話！如果你能夠看見我同他說話的時候他臉上那種變動的樣子……你決想像不到他這種態度這樣的狡猾……是他很愛你；這是極明顯的……

白略夫　萬洛慈卡，你錯了……

萬洛慈卡　不，我不錯。實在我不錯。如果他不愛你，爲什麼他把我這般作踐呢？我有什麼法子辦呢？（憂態）嫉妒可以把所有事情寬恕下去。這怎麼說呢……現在他爲什麼又辭退你呢？他想着你……我同你……啊，他能夠安心了！你能夠留在這裏了！（用手掩着臉）

白略夫　他始終並沒有辭掉我……我已經對你說過，什麼事情還沒有決定……

萬洛慈卡　（忽然擡起頭來，看望着他）實在麼？

白略夫　是的……爲什麼你這般看我呢？

萬洛慈卡　（自言）啊！我明白了……是，是……他自己還希望……（園廊旁邊的門忽然開起來，門限上顯出拿達里亞來。一看見萬洛慈卡和白略夫，便止住步兒。）

白略夫　你說什麼？

萬洛慈卡　是，現在我全明白．……他醒悟了，他明白我於他並不危險！實在我是什麼東西呢？不過是愚傻的姑娘．但是他呢！

白略夫　萬洛慈卡，你怎麼能夠想着……

萬洛慈卡　究竟誰知道呢？也許他有理．……也許你愛他．……

白略夫　我麼？

萬洛慈卡　（立起身來）是，；你你爲什麼臉紅？

白略夫　萬洛慈卡，是我麼？

萬洛慈卡　你愛他，你能夠愛他麼？……你不回答我的問題麼？

白略夫　我願意回答你些什麼話？萬洛慈卡，你心神這般不寧．……好生安安心罷．……

萬洛慈卡　（背過身來）你對待我，眞和對待兒童一般．……你竟不能賜給我嚴厲的回答．……你還安慰着我！（想着走開，忽然看見拿達里亞，便止往步兒）拿達里亞……

（白略夫連忙向前看望．）

拿達里亞　（向前走幾步）是，我。（他勉强說出話來）萬洛慈卡，我是來找你的。

萬洛慈卡　（慢慢的冷冷的說）爲什麽你想着到這裏來呢？你大槪來找我麽？

拿達里亞　是，我來找你。萬洛慈卡，你很不謹愼……我屢次對你說……白略夫，你忘記了你的約言……你哄騙着我。

萬洛慈卡　拿達里亞，得啦！（拿達里亞看着他，露出驚奇之態）你也不必拿出對待小孩的樣子來同我說話……（低聲）我從今天起是個婦人……我是和你一般的婦女。

拿達里亞　（驚愕之態）萬洛慈卡！

萬洛慈卡　請你不要再狡猾了！這種狡猾的態度現在已經沒有用處……我現在已經看得十分淸楚。我對於你並不是養女，而爲你終日嚴密的監視着，（露出嘲笑的神氣）如同長姊一般……（向他面前走來）我同你已經是情敵了。

拿達里亞　萬洛慈卡，你神經錯亂了……

萬洛慈卡　也許是這樣……但是誰使我弄到這個地步呢？我自己不明白從那裏得來這種膽力能夠同你說這種話……也許我這樣說話，因爲我已經毫無希望，因爲你可以隨便踐踏着我……這個你已經能夠成功．但是聽着：我不願意同你施展狡猾的態度，和你同我一般……你知道我已經全給他（用手指着白略夫）說了．

拿達里亞　你同他說什麼話呢？

萬洛慈卡　什麼？（嘲笑的態度）這些事情我全能理會出來．你想着自己不露聲色，把所有事情全從我那裏探將出來．拿達里亞，你錯了．你簡直白用了自己的力量．

拿達里亞　萬洛慈卡，萬洛慈卡，醒着罷……

萬洛慈卡　（越發靠近他身去，輕聲的說話）對我說我錯了……對我說你不愛他！（拿達里亞不發一言，露出驚愕的態度．萬洛慈卡站在那裏許久不動，忽然把手兒放在額上．）拿達里亞，請你饒恕我……我自己也不知道自己怎樣．請你原恕我，請你寬恩．……（他流下淚來，疾忙往園廊門那裏跑去．屋內靜默了許久．）

白略夫（走近拿達里亞）我能使你相信……

拿達里亞（不動的向地板看着伸着腰兒.）請你站在這裏.實在……萬洛慈卡是很對的……現在我也不再狡猾了.我在你和他面前都是有錯的,——你有權可以蔑視我.（白略夫做出那種極不自在的樣子）我是極卑賤的人.我現在祇有一法可以重新獲得你的敬意:就是開誠布公的態度,無論這個事情的結果,總是要開誠布公.現在我末次見他末次和他談話,我很愛你.（拿達里亞看着他.）

白略夫　你,拿達里亞!……

拿達里亞　是,我愛你.萬洛慈卡不受騙,也不騙你.我從你第一天到這裏來的時候起就愛你,但是從昨天起纔知道這件事情.我不打算確信我的行為……但是你現在能夠明白,能夠饒恕我.是我妒忌着萬洛慈卡;是我陰謀想把他嫁給鮑里杳甫,讓他能離開我和你;是我利用着我年紀和地位的優越,來搜索他的祕事,但是——自然這是我想不到的——我竟把自己的原形也顯露出來了.白略夫,我愛你;但須知這是一種驕都不能夠哄騙的時候，還有什麼狡猾？我們兩人的事情現在全已了結．我也不再留住這個是我絕對戴不慣的……並且在諸事已經十分明白的時候，還有什麼假裝在誰須相信我的話……我愛你，我不像原先似的狡猾了；我決定把我的假面具除開，因爲人同他講愛，那末這個人的地位是很困難的了．我很感謝你能靜默着不說一句話．你我麼？……但是我明白這個事情．你也不必對我說．大凡一個人並沒有什麼愛，而偏有白略夫也靜默着．拿達里亞依舊不看着他，往下說去，帶着些不安的神氣．）你不回答權力之下．（他說到這裏，便停頓了一會．他說這些話，都很平正安閒，絕不看着白略夫．……也許你很愛萬洛慈卡……我祇有一個哀求饒恕的心……這些事情全不在我帶着對於我惡劣的記念而去．現在你全知道了……我大概十分妨礙你們的事情．願意趕緊離開這邊的了．我很信這樣，這種信心就能加增我的勇氣．我實在不願意你能夠再留在這裏……但是大概自從我對你說知以後，你一定也很覺得不方便，自己傲心逼迫我這樣承認……那爲我親手所扮演的悲劇使我的心十分不安．你實在不你．你能夠從這裏走開，不和我說一句話，也不必來同我辭行．我不但不認這個爲無禮，並且——我要感謝你．有些事情不必用那優美的樣子……因爲他比粗厲還壞．這樣看來，我們正也不必互相熟識．我們再見罷．但是我希望現在我在你眼睛裏能不看做爲狡猾的，陰險的人……（白略夫想着說什麼話，但是說不出來．）你不走麼？

白略夫 （鞠着躬，正想走開，忽然堅忍了一下，又回過來．）不，我不能夠走．（拿達里亞看着他）我不能夠這般便走！……拿達里亞，你剛纔對我說……你不願意我帶着那對於你不方便的記念而去，但是我也不願意你記念着我，彷彿記念那種人……唉，我的上帝！我不知道怎樣描寫出來……拿達里亞，請你饒恕我罷……我不會同婦女們談話……我到現在纔知道……婦女不全是這樣．你說我們不應該互相熟識；但是請問：我是個尋常不學的兒童，竟能想着同你親近麼？請問：你是誰，……我是誰？也不必講到教育一層……試看着我……那身老大衣，和你那香噴噴的衣服……我本來怕我，現在恐怕你了．……我看你爲高尙的人物，並且……你對我說你愛我……你，拿達里亞！愛我！……我覺得我的心跳動得很，從來就沒有這樣跳過；他的跳並不起於一種驚愕的心思，也不起於一種自愛的心思……但是我終是不能夠去的！

拿達里亞 （自言）這個叫我怎樣辦呢！

白略夫 拿達里亞，你信……

拿達里亞 （變聲）白略夫，如果我不知道你是個體面的人，是個不說謊話的人，我也就不知道我要怎樣想法。我也許要懊悔我那種開誠布公的態度。但是我不信你。我不願意在你面前隱藏着我的情感：你感謝你剛纔能對我說這個話。我現在知道爲什麼我們不能相處……但是現在我的地方是這樣。（頓住話不說）所有事情自然都算很好……但是我現在我很願意和你離別……我們再見罷。（打算走開）

白略夫 拿達里亞，我知道我不能夠再在這裏留住……但是我不能夠把所有我發生的事情傳給你。你愛我……我很難說出這個字來……這個眞使我十分新奇……我覺着我第一次見你這種樣子，聽你這樣說話，但是我覺得一件事情：我應當離開這裏……我覺着我竟沒有什麽可以回答你的，……

拿達里亞 （輕聲）白略夫，你實在應當離開這裏……現在我們這樣講解以後，你便能夠離開這裏了……現在我沒有別個想頭，祇想着停止各種誤會的地方，想着懺悔，想着懲罰自己，想着一下子把最後的線切斷，如是我能夠想到這層……（他掩着臉兒）

白略夫 我信你，拿達里亞，我信你，我祇在今天，當我們飯前最後相見的時候，第一次覺着有點得未曾有的感想，彷彿有一隻手暗中牽我的心，胸間不由得十分熱烈……我起初彷彿和你十分生分，彷彿一點也不愛你；但是當你今天對我說萬洛慈卡那樣……的時候，（頓住不說）

拿達里亞 （勉強笑着嘴唇不住的顫動，）白略夫，得啦；我們不應當再想這件事情。我們不應當忘記我們現在是末次的談話，……並且你明天就要離開這裏……

白略夫 啊，是！我明天就走！現在我就能走……什麽事情都已過去……我就要走……

這邊怎樣，也就不管了！我帶着一個迴憶，我永世記得你是愛我的……但是怎麼我到現在還不知道你呢？你現在看着我……難道我曾經極力避去你的眼光……難道我曾經在你面前卑怯過麼？

拿達里亞　（含着笑）你剛纔對我說你很怕我。

白略夫　我麼？（停頓了一會）實在……我自己很覺得奇怪……我怎麼能對你說話這般勇敢呢？我自己也不知道自己。

拿達里亞　你不哄騙人麼？……

白略夫　什麼？

拿達里亞　哄騙着說你……我……（抖索了一下）唉，上帝，我怎麼辦呢？……白略夫，請你救我一遭罷……沒有一個婦女曾經處在這般艱難的境地上面，我實在沒有力量……也許這種事情一下子便能消滅，但是我們總能夠互相熟識……請將你的手給我——我們永遠離別罷。

白略夫（拉着他手）拿達里亞我不知道怎麼你說到離別的話……我的心已經滿着……（停着話把拿達里亞的手握住湊在嘴唇上面）再見罷．（想着往園門走去．）

拿達里亞（目送着他）白略夫……

白略夫（轉過身來）拿達里亞……

拿達里亞（靜默了一會，微聲說道）請你留在這裏罷．

白略夫　怎麼？

拿達里亞　留在這裏罷．不如讓上帝來給我們判斷！（他兩手按在頭上）

白略夫（趕緊走到他面前，拉他的手．）拿達里亞……（那時候園內忽然大開，門限上顯出拉基金來．他看了他們半天，忽然走到他們面前．）

拉基金（大聲）拿達里亞，人家正在各處找你呢．……

拿達里亞（手兒從臉上除下，做出極不高興的神氣．）啊，那是你……誰找我呢？（白略夫神氣更爲驚愕，向着拿達里亞鞠了一躬，便想走開．）白略夫，你要走了麼？……你知道，不要忘記啊……（白略夫又向他鞠了一躬，走進花園裏去。）

拉基金　阿爾卡其正在那裏找你呢……我實在想不到能在這邊遇見你……但是……

拿達里亞　（含着笑）你聽得出我們的嗓音……我在這裏和白略夫相遇……便同他大談起來……今天大概是談話日；但是我們現在可以回家去了……（打算往園廊的門那裏走。）

拉基金　（驚擾的神氣）我能夠知道怎樣的決意……

拿達里亞　（假裝驚奇的神氣）什麼決意？……我不明白你的意思。

拉基金　（靜默了許久，露出憂態）這樣說，我到全明白了。

拿達里亞　唔，又來了……又是那種隱密譏刺的話！好，我已經同他講解明白，現在諸事都已恢復原狀……這些全是小事情……剛纔我們所講的話，那全是小孩子的事情。現在應該全行忘掉他纔好。

拉基金　拿達里亞，我不是來究問你．

拿達里亞　我要同你說什麼話……不記得了．那也沒有什麼關係．我們去罷．什麼事情全已了結……全已過去．

拉基金　（謹謹愼愼的看着他）是，全已了結．你現在大概要惱怒自己……今天那種開誠布公的態度……（拿達里亞回過身去．）

拿達里亞　拉基金……（他重又看着拿達里亞；拿達里亞竟不知道怎樣說的好．）你還沒有同阿爾卡其講過話麼？

拉基金　沒有……我還來不及預備……你明白，這種話應當想法子編排一下纔好．

……

拿達里亞　怎麼這樣使人難堪啊！他要我做什麼？每步路都監察着我．拉基金，我在你面前實在有點不好意思……

拉基金　拿達里亞，心中不要這樣不安……爲什麼呢？這種事情全有一個定數．我們走罷．（拿達里亞走到他面前去重又止住步那時候花園門後聽見阿爾卡其的聲音說道：『你說他是往這裏來的麼？』跟着阿爾卡其和意格拿基走將進來．）

阿爾卡其　實在……實在他在這裏．——哈，哈哈！——拿達里亞也在這裏！（走到他身傍）怎麼啦？又繼續着今天的談話麼？——可見這件事情極重要的了．

拉基金　我是在這裏和拿達里亞偶然遇見的……

阿爾卡其　遇見？（四面一望）好個通行的所在！

拿達里亞　你也會到這裏來……

阿爾卡其　我到這裏來，因爲……（頓住不說）

拿達里亞　你尋找我麼？

阿爾卡其　是——我尋找你．你不願意回家去麼？茶已經預備好．天也快黑了．

拿達里亞　（拉着他手）我們去罷．

阿爾卡其　（四面一望）這個外屋能夠做成園丁居住的兩間屋子，——或做僕人的臥室——意格拿基，你以爲如何？

意格拿基　可以罷．

阿爾卡其　拿達里亞，從花園那裏走去好了．（他走到園門那裏那些時候他老不去看拉基金．——走到門限上，他略轉身體，說道．）諸位，你們怎麼啦？快去喝茶罷．（同着拿達里亞出去）

意格拿基（對着拉基金）拉基金，我們走罷……把你的手遞給我．……我們兩人應該充當後衛兵纔對．……

拉基金（怒意）唉，醫生，你大概很厭惡於我……

意格拿基（假裝慇懃的樣子）我怎麼能厭惡你呢！（拉基金勉強一笑．）走罷，走罷．……（兩人向園門走去）

第五幕

佈景和第一幕第三幕相同．那時候是早晨．阿爾卡其坐在桌傍，閱看文書．忽然立起身來．

阿爾卡其　不！今天實在不能夠再做事．腦筋裏正彷彿掛着鐵釘（蹝起步來）這件事情我實在意料不到；我想不到我會驚擾……這怎麼辦呢？……正是個問題．（悄悄想了一會，忽然讓道）瑪德魏！

瑪德魏　（入）有什麼吩咐？

阿爾卡其　給我叫村長來……那些掘夫也讓他們在堤上等我……快去罷．

瑪德魏　是啦．（出）

阿爾卡其　（走近桌傍，理着文書．）是…… 問題啊！

安娜　（走進來走到阿爾卡其旁邊）阿爾卡其……

阿爾卡其　啊！媽媽，是你！你身體怎樣？

安娜　（坐在椅上）我很健康着呢．（歎氣）我很健康着呢．（又深深的歎氣）上帝保佑啊．（看見阿爾卡其不聽他話，便又長歎了一聲．）

阿爾卡其　你歎氣……怎麼啦？

安娜　（又歎着氣）唉，阿爾卡其，你還不知道我爲什麼歎氣麼？

阿爾卡其　你要說什麼話呢？

安娜　（停頓了半天）我是你的母親，自然你是個壯年有理想的人；但是我總是你的母親．『母親』是極大的字啊！

阿爾卡其　請你講罷．

安娜　你知道我譏諷些什麼．你的妻子，拿達里亞，自然是個美好的婦女——他的行爲到現在還是很好……但是他實在很年輕！並且年輕……

阿爾卡其　我明白你願意說什麼話……你以爲他同拉基金的關係……

安娜　不對，我並沒曾想到這件事．

阿爾卡其　你不讓我說完話……你以爲他同拉基金的關係不十分……明白這種祕密的談話和那流下來的眼淚——你看着一定很覺得奇怪．

安娜　他已經對你說過他們談些什麼話了沒有？……他卻一句也沒有給我說起．

阿爾卡其　我沒有追問他，他也大概不願意急急適應我的要求．

安娜　那末現在你怎麼辦呢？

阿爾卡其　媽媽，我麼？我麼沒有什麼．

安娜　怎麼沒有什麼？

阿爾卡其　是，沒有什麼．

安娜　（立起身來）這個實在叫我驚奇得很．自然你在家裏是主人，好歹也比我知道得多．但是請想一想怎樣的結果……

阿爾卡其　母親，你眞是白白的驚惶．

安娜　但是我終是個母親．……（停頓了一會）我到這裏來本是打算調停這件事情的．……

阿爾卡其　母親，對於這件事情我請你不必憂慮……

安娜　隨便你罷．我以前本來一句話也不說．我向你警告，已經盡了自己的職分，現在也就不管他了．（兩人相對着不發一言）

阿爾卡其　你今天什麽地方都不去麽？

安娜　不過我應該警告你的：你這個人自信過甚；對於所有事情都用己意來判斷！你須信：眞正的好朋友現在時候是很少的啊．

阿爾卡其　（忍耐不住）媽媽．……

安娜　唔——我不說話，我不說話．我這老太婆有什麽用處呢！早就傻頭傻腦的了！——我被養育在別的規則底下——自己又極力的干涉你……．唔，請你辦事罷，我又不妨礙你……．我要走了．（想到門兒那裏止住步）這樣麽？……．唉，隨便你罷，隨便你罷！（出）

阿爾卡其　（目送他出去）有種人實在愛你，卻把自己的指頭慢慢慢放在你的傷痕上面，你看這個人怎麼好呢？因爲他深信這樣辦法可以使你的身體鬆快，——但是這個多可笑啊！然而我並不抱怨我母親，他的意思實在是很好的：並且怎麼能不聽他的勸言呢？——但是事情不是這個樣子……（坐下）這眞叫我怎麼辦呢？（想了想，站將起來。）唉！越簡單，越好！外交手段的溫柔方法我使展不來……（他按着鈴，瑪德魏入。）拉基金在家麼？

瑪德魏　在家呢。我剛纔在球房裏遇見過他。

阿爾卡其　啊！那末請他到我這裏來罷。

瑪德魏　是啦。（出）

阿爾卡其　（徘徊行走）我不慣於怎樣的騷動……祇希望這種事情能夠少發出些纔好。……我雖然身體十分堅實，但是也忍受這樣的事情，（兩手插在胸間）唉！……

（拉基金自廳內入，態度十分驚愕。）

拉基金　你叫我麼？

阿爾卡其　是……（停頓了一下）拉基金，你在我這裏還有職務沒曾盡呢．

拉基金　我麼？

阿爾卡其　這怎麼啦？你難道忘了自己的約言麼？關於……拿達里亞所流的淚……那件事情……我同我母親和你們遇見的時候，不記得你對我說你們兩人的祕密你答應以後講出來麼？

拉基金　我說是祕密麼？

阿爾卡其　你說了．

拉基金　我們有什麼祕密呢？——我們不過談談話罷了．

阿爾卡其　談甚麼話？那末爲什麼他哭呢？

拉基金　你知道那有幸福的婦女一生所經過的時間……

阿爾卡其　拉基金，這樣可不能．我不能夠看你這個樣子……你那延宕的工夫眞叫我心裏發生不快之感.(拉他的手)我們既是老朋友——你從小時候就知道我是不懂狡猾的——但是你對我也要開誠布公纔好.現在我給你一個問題……我也預先聲明:你回答我的話我絕不疑惑是不誠實的.你愛我的妻子麼?(拉基金看着阿爾卡其)你須明白我的話:你愛我的妻子是不是用那丈夫礙難能夠承認的愛情麼?

拉基金 (遲疑了一會)我是用這種愛情來愛你的妻子.

阿爾卡其 (也遲疑了一會)拉基金,我很感謝你那眞誠的態度.你是個愛體面的人.——但是現在怎麼辦呢?請坐着,我們兩人商議一下子.(拉基金坐下.阿爾卡其在室中走着.)我知道拿達里亞;我知道他的價值……我自己也知道我的價值.我卻算不出你的價值.拉基金,……請你不要弄斷我的話,——我一點也算不出你的價值.你比我聰明得多.我是個平常人.我想拿達里亞固然愛我.——但是他有眼睛,他一定很喜歡你.並且我再給你說句話:我早就看出你們兩人的關係來……但是我很信你們兩人——卻絕不顯露出來……唉!我竟不會說話啊!(頓住)但是昨天既做出那齣戲來，晚上你們又第二次相見——這個怎麼辦呢？祇要我一個人遇見，也便罷了，卻又有許多證人；母親，還有那個狡猾的意格拿基——拉基金，你怎麼說呢？

拉基金　你的話是很對的．

阿爾卡其　不是這樣的問題……這卻怎麼辦呢？我應該對你說，我雖然是個尋常人，——都很明白摧殘別人的生活，那是極不應該的，——並且有時候最不應該主張自己的權利．這種道理我並不從書本裏理會出來……確是良心對我說的．不過這個應該想一想這個很重要．

拉基金　（立起來）我全都想好了．

阿爾卡其　怎麼？

拉基金　我應該離開這裏……我要離開這裏了．

阿爾卡其　（停頓了一會）你這樣想麼？……簡直從這邊走開麼？

拉基金　是的．

阿爾卡其　（又在屋內踱起步來）你說得這個什麼話啊！也許你是有理的．沒有你在這裏，我們是很難受的．……但是你看得很淸楚，知道得很多．我以爲你想得還對．你實在於我有危險．（慘笑）是，你於我有危險．我沒有拿達里亞是活不了的．……（撲着手）這幾天來我看見他發生着極大的變更．他那種深沈不安的心使我恐懼異常．我不是沒有看錯麼？

拉基金　（憂態）喔，你沒有看錯！

阿爾卡其　這樣說，你一定離開這裏麼？

拉基金　是的．

阿爾卡其　唔．怎麼忽然會這般搖動起來！當我同我母親遇見你們的時候，你應該這樣驚擾．……

瑪德魏　（入）村長來了．

阿爾卡其　讓他等着！（瑪德魏出）拉基金，你離開這裏不長久麼？這個實在已是件小事！

拉基金　我實在不知道……我想……很久.

阿爾卡其　你不已經把我認做渥鐵盧了麼?我想自從世界創始以來,兩個好朋友中間決沒有這樣的談話!我不能夠這樣便同你分離……

拉基金　(握阿爾卡其的手)當我能夠回來的時候,你再通知我罷.

阿爾卡其　因爲在這個地方沒有一個人能代替着你!鮑里杏查甫那是不成的啊!

拉基金　這裏還有別的……

阿爾卡其　誰呢?克萊尼成麼?白略夫固然是個好孩子……但是拿他比起你來,那眞有天淵之隔呢!

拉基金　(惡毒態度)你這樣想麼?阿爾卡其,你不知道他……你不妨注意他一下……這個我勸你的……聽見麼?他是個很……很著名的人.

阿爾卡其　好!你終想同拿達里亞從事他的敎育!(望着門)啊!大概他也從這裏來了.……(急說)我們就這樣決定——你離開這裏……短時候……就在這幾天……

不必太匆忙——應當防備着拿達里亞……母親方面我來安慰……上帝賜給你幸福！一塊石雖已經從我心上卸下……請你擁抱我一下！（連忙抱着他，轉向剛進門來的白略夫說。）啊……這是你！你唔……你怎麼啦？

白略夫　阿爾卡其，還好啊！

阿爾卡其　闊略在那裏呢？

白略夫　他隨着莎甫先生在一塊兒。

阿爾卡其　啊……好極了！（拿起帽來）諸位，我們再見罷。我今天什麼地方都沒有去——堤上旣沒有去，建築處也沒有去……並且連文書都沒有看呢。（把那些文書挾在肘下）再見罷！瑪德魏！瑪德魏！同我去罷！（出。拉基金留在前臺，煩悶得很。）

白略夫　（走近拉基金面前）你今天覺得怎樣？

拉基金　謝謝你。還是照舊。你怎樣呢？

白略夫　我也健康着呢！

拉基金　這是極明顯的！

白略夫　怎麼啦？

拉基金　這個可以看你的臉色……喂！你今天穿着件新衣裳……並且紐子上還繫着一朵花。（白略夫臉紅起來，趕緊把花兒除下。）這又何必呢……這又何必呢……（停頓了一下）如果你需要什麼東西我可以給你辦理……因爲我明天就要到城裏去。

白略夫　明天麼？

拉基金　是……並且從這裏也許還要到莫斯科去。

白略夫　（驚奇之態）到莫斯科去麼？你昨天還對我說你打算在這裏住上一兩個月呢，……

拉基金　是的……但是事實這樣發生出來……

白略夫　你出去得久麼？

拉基金　那個還不知道……也許不久．

白略夫　請問拿達里亞知道了你的主意沒有？

拉基金　沒有．爲什麼你又問起他來呢？

白略夫　我麼？（有點不安的態度）是這樣的．

拉基金　（不說話，四面看了一下．）白略夫，大概除去我們兩人以外，在屋裏沒有一個人；我們互相玩起戲來，那不奇怪麼？啊你以爲怎樣？

白略夫　我不明白你的意思．

拉基金　實在麼？你實在不明白我爲什麼離開這裏的緣故麼？

白略夫　不明白啊．

拉基金　這個很奇怪……但是我預備着信你．也許你實在不知道原因……你願意我對你說我爲什麼離開這裏的緣故麼？

白略夫　好罷．

拉基金　你剛纔遇見我同阿爾卡其在一塊兒．……我同他正有極重要的談話．就因爲這個談話我決定離開這裏．你知道是什麼緣故麼？我全要給你說，因爲我認你做極體面的人．……他想着我……我愛拿達里亞．你以爲怎樣呢？這不是很奇怪的意思麼？但是我很感謝他，並不同我使狡猾，也不暗地監察着我，我竟一直對我竟講出來．請問：現在如果你處在我這個地位上，那就應該怎麼辦呢？固然他的疑惑沒有什麼根據，但是那個能使他十分驚奇……爲朋友的安寧起見，有體面的人有時應當犧牲自己的快樂．因此我就離開這裏……我信你一定贊成我的意思，是不是？你處在我的地位上，不也是這樣辦麼？你也要離開這裏麼？

白略夫　（遲疑了半天）也許是這樣．

拉基金　我很願意聽這個話．……自然在我的私意看來，離開這裏是個極可笑的方法，我自己也認爲十分危險；但是婦女的貞潔是很重要的一件事情．……我說這話，並不專指着拿達里亞——我實在認識許多清潔無瑕的婦女，也就因爲他的貞潔清白纔能比別人多得着意外的快樂……但是誰知道呢？分外的謹愼還阻不住那個……並且你想那愛情是地上高尙的幸福麼？

白略夫　（冷然）這個我可沒有經試過，但是我想能得我所愛的婦女的愛情，那是最大的幸福。

拉基金　應該記着這種極有趣的話！據我的意思，各種愛情，無論是有幸福的，或是無幸福的，當我們拿他來全神從事的時候，便成了眞正的痛苦……並且你還知道那柔軟的纖手怎樣能奪你的心！……你又須知道那熾焰的愛情下面還隱藏着許多熱烈的妒忌心！當你像病人酷望康健似的酷望安寧，極無意思極惡劣的安寧，當你要忌妒那些無掛無慮行動自由的人的時候，你一定能憶起我來……我說的這些話，你現在一定不信我，但是承你贊成這個意思，我很覺得喜歡……且應當謹愼纔好。

白略夫　（一雙眼睛只朝着拉基金看望）我很感謝你的教訓，雖然我對於他還沒有什麼需要。

拉基金　（拉他的手）請你饒恕我．我沒有意思……我的話也不能算做教訓……不過談談話罷了．

白略夫　（嘲笑的樣子）沒有別項原因麼？

拉基金　（有點擾亂的樣子）一點沒有什麼特別原因．我祇願意……你到現在也沒有機會研究婦女．婦女全是極執拗的人．

白略夫　你的話指着誰呢？

拉基金　並沒有專指着誰．

白略夫　不指着大家麼？

拉基金　（勉強笑起來）也許是這樣．我說這些話，並不是教訓的口氣，不過願意在離別的時候向你進個忠告罷了．（站在那裏，搖起手來．）唉！但是我那裏配做你的顧問！請你饒恕我亂說之罪罷．……

白略夫　不必這樣，不必這樣．……

拉基金　這樣，你在城裏邊一點也沒有什麼需要麼？

白略夫　沒有什麼．謝謝你但是你離開這裏我很覺得可惜．

拉基金　深深的感謝你……我也覺得是這樣……（拿達里亞和萬洛慈卡從書房內出．萬洛慈卡顏色極其悲慘並且顫白．）我很喜歡同你相識一場……（又握他的手）

拿達里亞　（看着他們兩人，走近身來．）先生們……

拉基金　（趕緊回過身去）拿達里亞，好啊……萬洛慈卡，好啊……（白略夫默着聲向拿達里亞和萬洛慈卡鞠躬，神色極其倉皇．）

拿達里亞　（對着拉基金說）你事情做得怎麼好？

拉基金　沒有怎樣……

拿達里亞　我已經同着萬洛慈卡在花園裏游逛……今天空氣眞好……菩提樹又香得很．我們在菩提樹下游逛了半天……在樹蔭底下聽那蜜蜂的叫聲，十分有趣……（怯生生對着白略夫說）我們很希望在那裏能夠遇見你．（白略夫無言）

拉基金　（對着拿達里亞）啊！你今天很注意於自然之美．……（停頓了一下）白略夫今天不能夠到花園裏去．……因爲他今天穿着件新衣服．……

白略夫　（面微紅）自然因爲這樣衣服我祇有一件，所以在花園裏恐怕要受損．……你所要說的話是什麼呢？

拉基金　（面紅）沒有什麼．……我不是這樣說……（萬洛慈卡默着聲走到椅旁坐下，做起工來．拿達里亞勉強向白略夫笑了一下．許多人全不說話．過了半天，拉基金全使着尖刻的語氣說起來）啊，我忘記對你說，我今天要離開這裏．……

拿達里亞　（驚擾的神氣）你離開這裏麼？往那裏去？

拉基金　到城裏去．……有事情．

拿達里亞　我希望，不久麼？

拉基金　看着事情再說了．

拿達里亞　請你快點回來纔好．（對着白略夫說，卻一點也不看他．）這是你的圖畫，闊略交給我看的麼?這是你畫的麼?

白略夫　是……我……沒有什麼事……

拿達里亞　這個畫得很好你極富於天才.

拉基金　我看你在白略夫先生身上每天能夠發現些新特質來.

拿達里亞　(冷淡的態度)也許這樣……爲他是好的.(對着白略夫說)你大概還有別張圖畫,請你拿給我看一看.(白略夫鞠躬)

拉基金　(站在那裏彷彿木偶一般)唉,我記憶起來,我還應該去收拾行李再見罷.……

(走到廳門那裏)

拿達里亞　(目送他去)你還能同我們告別呢……

拉基金　那是自然.

白略夫　(遲疑不決)拉基金,等着,我同你一塊兒走.我還要對你說兩句話……

拉基金　啊!(兩人向廳內走去.拿達里亞留在場中;等了一會,他坐在左邊.)

拿達里亞　（靜默了半天）萬洛慈卡！

萬洛慈卡　（並不擡頭）什麼事？

拿達里亞　萬洛慈卡，不要同我這樣，……萬洛慈卡……（萬洛慈卡一句話也不說．拿達里亞站將起來，走到場的中央慢慢的跪倒在萬洛慈卡面前．萬洛慈卡打算舉他起來，又轉過身來，掩着臉兒．拿達里亞跪着說話．）萬洛慈卡，饒恕我罷：不要哭，萬洛慈卡．我在你面前認錯了，認錯了．難道你不能夠饒恕我麼？

萬洛慈卡　（和着淚）起來，起來，……

拿達里亞　你不饒恕我，我決不起來．你眞難受．……難道我反鬆快麼？……你記着罷．……因爲你全知道．……我們兩人間的區別就是你在我面前一點也沒有錯誤的地方，但是我……

萬洛慈卡　祇有這個區別啊！不，我們中間還有別項區別．……你今天這樣溫柔，這樣和善，這樣親愛．……

拿達里亞　（插話上去）因爲我覺出自己的罪孽來……

萬洛慈卡　實在麽？不過因此……

拿達里亞　（站起身來，靠在萬洛慈卡傍邊坐下．）怎麽是別項原因呢？

萬洛慈卡　拿達里亞，不要這樣磨折我，不要這樣追問我……

拿達里亞　（歎氣）萬洛慈卡，我看你一定不能夠饒恕我．

萬洛慈卡　你今天這樣和善，這樣溫柔，因爲你覺着自己是個被愛的人．

拿達里亞　（驚擾起來）萬洛慈卡？

萬洛慈卡　（轉身向他）怎麽，難道這個不實在麽？

拿達里亞　（憂態）你須相信，我們兩人一樣的不幸．

萬洛慈卡　他愛你呢！

拿達里亞　萬洛慈卡，我們願意互相磨折麽？這正是我們兩人應該醒悟的時候．你想一想，我的情形怎樣，我們兩人的情形怎樣？你想一想，我們的祕密現在知道的已經有兩個人。……（頓住）萬洛慈卡，我們不必用疑惑和責言來互相猜忌，不如兩人好生想一想怎樣從這種艱難的地位裏脫身出來！……你還想着我能夠忍受這種驚惶麼？或者你竟忘記我是誰麼？但是你終不聽我的話。

萬洛慈卡　（望着地板十分憂愁）他愛你呢！……

拿達里亞　萬洛慈卡，他要離開這裏了。

萬洛慈卡　（轉過身去）唉，你棄開我罷。……（拿達里亞看着他，露出遲疑不決的樣色。那時候書房內阿爾卡其的聲音說道：『拿達里亞，你在那裏，拿達里亞？』）

拿達里亞　（趕緊立起來走到書房門那裏。）我在這裏。……你有什麼事？

阿爾卡其的聲音　到這裏來，我要同你說幾句話呢。……

拿達里亞　立刻就來。（他回身向着萬洛慈卡，牽着他的手。萬洛慈卡一動也不動。拿達里亞歎了口氣，便走向書房裏去。）

萬洛慈卡　（一人說話）他愛他啊！……我也應該留在他家裏。……啊！這個很……

（他用手掩着臉，身體一點也不動，意格拿基的頭從通大廳的門裏探將出來，他謹愼着向四面望了一下，躡着足走到萬洛慈卡面前，萬洛慈卡並沒曾覺得。）

意格拿基 （又着手站在他面前，臉上推下惡毒的笑容）萬洛慈卡！……萬洛慈卡！……

萬洛慈卡 （擡起頭來）誰？，是你，醫生……

意格拿基 怎麼，小姐，你不舒服麼？

萬洛慈卡 沒有怎樣。

意格拿基 讓我按一下脈罷。（按脈）唔！怎麼這樣快？小姐，唉，小姐……你不聽我的話。……我眞願意你好。

萬洛慈卡 （看着他，顯出果決的態度。）意格拿基……

意格拿基 （恭敬態度）我聽從着……不要這樣看我。……

萬洛慈卡 這位鮑里杳査甫先生，你的朋友，實在是好人麼？

意格拿基 我的朋友鮑里杳査甫麼？是個又好又正潔的人……好人中的大模範……

萬洛慈卡　他不惡麼？

意格拿基　他是個很好的人．那不是人，却是生麪．祇須拿來塑一下子．這種好人在世界上白天點着燈都找大不得．是天鵝，却不是人．

萬洛慈卡　你能保證着他麼？

意格拿基　（一隻手放在胸脯上，一隻手向上擡起．）彷彿保證自己一樣？

萬洛慈卡　這樣，你可以對他說……我預備着嫁給他．

意格拿基　（又驚又喜）是麼？

萬洛慈卡　不過越快越好——聽見麼？——越快越好．

意格拿基　如果你願意，就是明天也行啊！……萬洛慈卡！你眞是個好小姐！我立刻跨着馬到他家裏去．我就能使他喜歡……這種事情發生得眞是出人不意！因爲他對於你早就存着個可望不可卽的心思．……

萬洛慈卡　（忍耐不住）我並沒有問到你這層啊．

意格拿基　隨便你能，隨便你罷．不過你旣同他享福，你應當謝謝我纔好．……（萬洛慈卡又做出不耐煩的神氣）唔，我不說話．不說話，……這樣，我就去對他說……

萬洛慈卡　好罷．

意格拿基　很好．我立刻就去．再見罷，（傾耳靜聽）誰從這裏來呢．（往客廳裏走去，在門限上做出那種蹙顏驚奇的樣子．）再見罷．（入）

萬洛慈卡　（目送他走）無論處在什麼境地，總比留在這裏好得多．……（立起身來）是，我決定了．我決不留在這家裏．……無論怎樣，決不留在這裏，我不能夠忍受他那淺短的眼光，虛假的笑容，我不能看見他怎樣常久休息，徜徉在自己幸福之中．……他是有幸福的．他那種和藹的態度，叫我忍受不住．……（白略夫自園門出，他四處望了一下，走到萬洛慈卡身旁．）

白略夫　（輕聲）萬洛慈卡，你一個人在這裏麼？

萬洛慈卡　（四面一望，摸索了一下，半晌不語，後來纔說道．）是的

白略夫　我喜歡你能一個人在這裏……要不然，我也不到這裏來了。萬洛慈卡，我來同你告別。

萬洛慈卡　告別麼？

白略夫　是，我要離開這裏。

萬洛慈卡　你離開這裏麼？你離開這裏麼？

白略夫　是……他。（心中十分驚惶）你可以看得出來，我現在再也不能在這裏留着。我到這裏來了幾月，便使你們家發生了許多不幸的事情。我不但擾亂了你和拿達里亞的安寧，並且還破壞了老朋友的交情，因爲我的緣故，拉基金纔離開這裏，你纔同你的養母爭鬧……現在這些事情應該一切停止。我走之後，希望你們諸事都能平安，都有秩序……鑽身在有錢的太太和年輕的姑娘中間，那決不是我的事情……你們千萬忘掉我，也許以後要奇怪這件事情怎麼能夠發生……現在我已經覺得十分奇怪。……我不願意哄騙你；我實在很害怕留在這裏……這些事情我全做得不習慣。我實在不很合適……我總以爲人家全看着我……並且我也不能夠……現在……同着你們兩人……

萬洛慈卡　對於我你不必擔心！我住在這裏也不久了。

白略夫　怎麽？

萬洛慈卡　這是我的祕密但是我也不會干涉你的事情。

白略夫　你看，我怎麽能不離開這裏呢？請你自己細想一下我正彷彿把鼠疫傳到這屋裏來；全從這裏跑開去……現在還來得及，不必讓我一個人離開便罷了。我剛纔同拉基金談了半天……你決不能想到他說話裏面有多少的憂愁……他藉着事故對於我那件新衣裳戲加嘲笑……他是有理的，是我應該走開我這個在這裏十分不舒服，應該到空曠地裏去。我沒有一點力量，一方面很憂愁，一方面又很鬆快，正彷彿有種人到海外做旅行的時候，他一方面不忍得同他的親友離別，他憂愁得很，同時那海水又高高興興的喧嚷着，微風又爽爽快快的吹在他臉上，但不由得在他身體裏鼓舞起來，心中卻又十分難受．……是，我決定離開這裏，回到莫斯科去找自己的同學，做起工來．……

萬洛慈卡　你既然很愛他你愛他，卻又離開他．

白略夫　得啦，這是怎麼啦？難道你看不出來什麼事情都已完結了麼？萬事全都消滅，彷彿火星一般．我們應該用友誼來離別．是時候了．我醒悟了．祝你健康，祝你幸福，我們將來還許有相見的日子．……我決不會忘掉你……我也很愛你．……（握他的手，疾忙續言．）把這個條子請你轉遞給拿達里亞．……

萬洛慈卡　（看着他露出不安的神氣）條子麼？

白略夫　是的……我不能夠同他告別．

萬洛慈卡　難道你立刻就走麼？

白略夫　立刻就走．……我對於這件事情一點也不告訴別人……除去拉基金先生一個人．你很贊成我的意思．我現在立刻步行到彼得街．在彼得街我等着拉基金，我們兩人便同到城裏去從城裏我再寫信來，讓人把我的東西送給我，這樣什麼事情都歸妥貼。……你也可以讀一讀這個條子，裏面纔說了兩句話。

萬洛慈卡 （收下條子）你實在離開這裏麼？……

白略夫 是是，……請你把條子交給他並且說，……不必了，你不必同他說什麼話。（細聽）這裏有人來了。再見罷。……（奔到門那裏在門限上站了一下，便跑將出去。萬洛慈卡手裏拿着條子，還站在那裏。拿達里亞從屋內出。）

拿達里亞 （走近萬洛慈卡身旁）萬洛慈卡……（看着他，止住步。）你怎麼啦？（萬洛慈卡授給他條子）條子麼！……誰的？

萬洛慈卡 （啞聲）請念着罷。

拿達里亞 你眞使我嚇壞了。（念起那張條子來，忽然兩手掩着臉兒，倒在椅上，許久不說話。）

萬洛慈卡 （走近拿達里亞身旁）拿達里亞……

拿達里亞　（兩手依舊掩着臉兒）他要走了！……他並且不願意同我作別．……唉！他到同你告別過了！

萬洛慈卡　（憂態）他不愛我……

拿達里亞　（放下手，立將起來．）但是他沒有權這樣便走．……我願意……他不能夠這樣……誰允許他這樣斷絕……這種藐視的態度……我……因爲他知道我沒有一點決心．……（躺在椅上）我的上帝！我的上帝！

萬洛慈卡　拿達里亞，你剛纔自己對我說他應當離開這裏．……你憶着罷．

拿達里亞　你現在很好．……他要離開這裏．……現在我同你是平等的了．……（堅決的聲音）

萬洛慈卡　拿達里亞，你剛纔對我說……那是你自己所說的話：我們不必用疑惑和責言來互相猜忌，不如兩人好生想一想怎樣從這種艱難的地位裏脫身出來．……現在我們已經遇救了．

拿達里亞　（轉身向他露出妒忌的樣子）唉……

萬洛慈卡　我明白你的意思……不要這般不安……我不久也不會再來驚擾你了。我們兩人竟不能夠同住在一處。

拿達里亞　（想拉他的手，向他跪着）做什麼你說這個話……難道你願意離開我麽？你的話很對，我們現在得救了。萬事都已了結……恢復秩序……

萬洛慈卡　（冷淡態）拿達里亞，不要這般不安。（萬洛慈卡默着聲看着他。阿爾卡其從書房內出。）

阿爾卡其　（向拿達里亞看了半天，輕聲對萬洛慈卡說。）難道他已經知道他要走麽？

萬洛慈卡　（疑態）是……知道了。

阿爾卡其　（自語）爲什麽他這樣快……（大聲）拿達里亞……（拉他的手拿達里亞擡起頭來。）拿達里亞，是我。（他勉強笑了一下）你不舒服麽？我勸你躺一下子去……

拿達里亞　我健康着呢．……這個沒有什麼．

阿爾卡其　但是你臉色白得很．……請你聽我的話．……休息一下子罷．

拿達里亞　唔；好罷．（他想着立起來，又不能够．）

阿爾卡其　（幫助着他）你看……（拿達里亞倚在他丈夫臂上）願意我送你去麼？

拿達里亞　不！我決不這樣軟弱！萬洛慈卡，我們走罷．（向着書房走去．拉基金從廳內入．

（拿達里亞止住步．）

拉基金　拿達里亞，我來了．……

阿爾卡其　（插斷他話）喂，拉基金！拉基金到這裏來！（引他到一邊，輕輕對他說話，露出憂愁的樣色．）爲什麼你剛纔又全給他說了？不是我曾求過你的麼！爲什麼這般匆忙……

我剛纔看見他那種垂頭喪氣的樣子．……

拉基金　（驚態）你不明白他的意思，

阿爾卡其　你對拿達里亞說你要離開這裏．……

拉基金　你以爲他因爲這個纔心神不寧麽?

阿爾卡其　唉——他看着我們呢.（大聲）拿達里亞,你不到自己房裏去麽?

拿達里亞　是……我就去……

拉基金　拿達里亞,再見罷!（拿達里亞拉住門樞,一句話也不回答.）

阿爾卡其　（一手放在拉基金肩上）拿達里亞,你須知道他是個極好的人……

拿達里亞　（剛毅果決的態度）我知道他是個好人——你們全是好人……全是,全是……並且……（他忽然用手掩着臉兒用膝蓋推開門兒,疾忙走去.萬洛慈卡跟着也走開.阿爾卡其坐在桌旁,一言不發,用手倚着腦蓋.）

拉基金　（看了他半天,一面聳肩,一面微笑.）我的地方怎樣!簡直沒有法子說!四年的愛情怎忍得離別?好,很好,也就應當把這些病態的關係斷絕一下.（大聲向着阿爾卡其說）唔,阿爾卡其,再見罷!

阿爾卡其　（擡起頭來.眼睛裏和着淚.）再見罷.這個眞難受!想不到!彷彿晴天裏的暴

風。但是終是感謝着你你眞是個好朋友！

拉基金　（果決的態度）再會罷。（想着到大廳裏去……意格拿基迎面跑來。）

意格拿基　怎樣啦？人家對我說拿達里亞不舒服……

阿爾卡其　（立起身來）誰對你說的？

意格拿基　那丫頭……那女孩……

阿爾卡其　醫生，不要緊。我想現在也不必去驚動拿達里亞……

意格拿基　啊！這樣很好？（對着拉基金）聽說你要到城裏去麼？

拉基金　是，是有事去。

意格拿基　啊！有事去！……（那時候從大廳內一下子跑進來安娜，麗查魏泰，閣略，莎甫

四人。）

安娜　怎麼啦？怎麼啦？拿達里亞怎麼啦？

閣略　母親怎麼啦？他怎麼啦？

阿爾卡其　他沒有怎樣。……我剛纔還看見他呢。……你們怎麼啦？

安娜　啊，有人說拿達里亞不舒服呢……。

阿爾卡其　你們全相信麼？

安娜　阿爾卡其，你怎麼這樣暴躁？我們對於他自然是很掛心的。

阿爾卡其　自然。……自然。……

拉基金　但是我就要走了。

安娜　你走麼？

拉基金　是……走。……

安娜　（自語）啊！現在我明白了。

闊略　（對着阿爾卡其）爸爸。……

阿爾卡其　什麼事？

闊略　白略夫先生爲什麼走呢？

阿爾卡其　他往那裏去？

闊略　我不知道，……他親吻了我一下，戴上帽子，便走了。……但是現在已經到了教俄文功課的時候了。

阿爾卡其　大概他立刻就回來。……並且還可以叫人請他去。……

拉基金　（輕聲對阿爾卡其說）不要叫人請他，他不回來了。（安娜在那裏用心聽着；意格拿基正同麗查魏泰說話。）

阿爾卡其　什麼意思呢？

拉基金　他也離開這裏了。

阿爾卡其　離開這裏……往那裏去？

拉基金　到莫斯科去。

阿爾卡其　怎麼到莫斯科去？今天怎麼大家全成了瘋子了？

拉基金　（愈低聲）我們中間……萬洛慈卡愛上了他……他是個有體面的人，便決定離開這裏了。（阿爾卡其張着手，坐在椅上。）你現在明白，爲什麼……

阿爾卡其 （跳起來）我麼？我一點也不明白。我頭腦已經旋轉起來。這個怎麼能明白呢？全都像黃鶴似的偷偷飛去，並且全因爲是個有體面的人……全一下子，在一天中間……

安娜 （走近前來）什麼事？白略夫怎麼了？

阿爾卡其 沒有甚麼！莎甫先生，現在請代替白略夫先生，管一管闊略。請你把他帶出去。

莎甫 是啦……（拉着闊略的手）

闊略 但是，爸爸。

阿爾卡其 （叫嚷起來）去罷，去罷！（莎甫帶着闊略出）拉基金，我送你走……我已經吩咐他們備馬，先在堤上等着你去，……媽媽，你且不必驚動拿達里亞——並且你，醫生……瑪德魏！瑪德魏！（疾忘走開。安娜坐在椅上，露出憂愁的樣子。麗查魏泰站在他後面。安娜舉目向天，彷彿願意拋棄他一切目擊的事情。）

意格拿基　（躡足走到拉基金面前）你不要坐在新車上將你送到大道上去麼？

拉基金　啊！難道你已經得着馬麼？

意格拿基　我已經同萬洛慈卡交涉好……就這樣吩咐麼！

拉基金　好罷！（對着安娜鞠躬）安娜……

安娜　（並不起身）再見罷……祝你路間平安……

拉基金　很感謝你！……麗查魏泰……（向他鞠躬他也還他一鞠躬拉基金出）

意格拿基　（過去拉安娜的手）太太，再見罷……

安娜　（嚴厲的樣子）啊！你也走麼？

意格拿基　是……還有病人……並且我來到這裏也沒有什麼用處（鞠了一躬，兩眼斜看着麗查魏泰，麗查魏泰麗報之以笑）再見罷……（跟着拉基金走去）

安娜　（讓他走後，便叉着手，慢慢對麗查魏泰說）你對於這種事情有什麼感想呢？

麗查魏泰　（歎氣）我不知道你說的什麼話。

安娜　你不聽見白略夫也離開這裏麽？……

麗查魏泰　（又歎氣）唉，安娜，也許我住在這裏還不久呢。……我也要離開這裏．（安娜看着他，露出無可形容的驚奇態度．麗查魏泰站在他面前，垂着眼睛．）

（幕下）